YUU MINADUKI

VRRRRR...
MMH...
FAIT CHAUD...
En plus... Y'A UN TRUC LOURD SUR MOI...
FLAP
AAH...
FAIT FROID, ASAHI...
FLIIP

Episode 6
LOVENEST

.....
CÂLIIIIN
MH ?
J'AI L'IMPRESSION DE SENTIR UN COURANT D'AIR...
FLAP
HÉ, MASATO, RÉVEILLE-TOI...
HMM... QUOI ?
JE SUIS RENTRÉ TARD HIER, JE SUIS FATIGUÉ...
T'AVAIS QU'À ALLER DORMIR DANS TON PROPRE LIT, ALORS.
Je m'en fous
ET D'AILLEURS...
TU PEUX M'EXPLIQUER POURQUOI J'AI LA BITE À L'AIR ?
AH...
JE T'AI PAS SUCÉ NI RIEN, HEIN...
JE SUIS JUSTE ALLÉ LUI SOUHAITER BONNE NUIT, C'EST TOUT.
ÇA VEUT DIRE QUOI, ÇA ?!

HAA...
JE DOIS VRAIMENT RESTER SUR MES GARDES AVEC TOI...
MAIS BON, QUE CE SOIT EN HAUT OU EN BAS, Y'A RIEN QUI A RÉAGI QUAND JE ME SUIS GLISSÉ DANS TON LIT.
AH, TU VEUX QUE JE ME FASSE PARDONNER ?
AVEC LA TRIQUE DU MATIN, ÇA DEVRAIT LE FAIRE...
PAF
AÏE !
CONTRAIREMENT À TOI, JE TRAVAILLE AUJOURD'HUI, MOI.
SI T'AS PAS ASSEZ DORMI, RETOURNE DANS TA CHAMBRE.
CLAC
PAS DRÔLE...
Je crois qu'il faut que j'arrête de me dire...
Que si je continue comme ça, il finira par s'attacher à moi.
EN FAIT, SI J'Y VAIS TROP DIRECTEMENT, IL SE METTRA À M'ÉVITER...
MAIS BON, ÇA NE ME DÉRANGE PAS DE PRENDRE MON TEMPS.
FUAAH...

FIIIXE...
CETTE MAQUETTE EST LA SEULE QUI AIT L'AIR D'AVOIR BIEN VÉCU...
ET IL Y A MOINS DE DÉTAILS, COMPARÉE AUX AUTRES.
AH, MAIS IL Y A PLEIN DE CHOSES À L'INTÉRIEUR...
NE TOUCHE PAS À ÇA !
SURSAUTE
DÉSOLÉ, J'AI CRU QUE T'ALLAIS LA CASSER...
J'ai paniqué.
CLAC
C'EST UN TRUC QUE J'AI FAIT IL Y A LONGTEMPS, ET IL EST UN PEU FRAGILE.
PAS GRAVE...
C'EST MOI QUI N'AURAIS PAS DÛ TOUCHER SANS PERMISSION.

FROTTE
PLEURE PAS, HEIN ?
JE SUIS PAS FÂCHÉ.
JE PLEURE PAS !
AU FAIT, T'AURAIS PAS UN TRUC À MANGER ? J'AI FAIM.
OK, JE VAIS FAIRE UN POTAGE AVEC LE CURRY QUI EST AU FRIGO.
OOH...
COOL, ÇA VA ÊTRE BON.
CLAC
HÉ, ASAHI... TU ME PIQUES PLUS TROP MES REPAS, EN CE MOMENT.
COMMENT ÇA SE FAIT ?
T'ES VRAIMENT PAS CROYABLE, HEIN ?
Maintenant, j'en fais toujours trop exprès pour lui...
DE QUOI TU TE PLAINS ? TU TE METS EN ROGNE QUAND JE LE FAIS.
C'EST PAS ÇA QUI T'EMPÊCHAIT DE LE FAIRE !
SI JE LES MANGE, J'AI L'IMPRESSION QUE ÇA REVIENDRAIT À PERDRE LA PARTIE.

T'AS DIT UN TRUC ?
NON, RIEN.
VRRRRRRRRR...
AH ? TANT PIS.
AU FAIT, C'EST QUAND, TON PROCHAIN JOUR DE CONGÉ ? ON POURRAIT SORTIR QUELQUE PART ?
QUOI ? OÙ EST-CE QUE TU VEUX SORTIR, PAR CETTE CANICULE ?
JE SAIS PAS, N'IMPORTE OÙ.
ON POURRAIT ALLER AU CINÉ, À L'AQUARIUM... QUELQUE CHOSE COMME ÇA ?
QUITTE À VOIR UN FILM, AUTANT LE REGARDER À LA MAISON.
J'AIME PAS TROP LA FOULE.
AH !
AH !
HÉ, SI TU VEUX SORTIR, ON PEUT ALLER À POOCOCK.
T'as dit «n'importe où», pas vrai ?
AU SUPERMARCHÉ ?! ON Y VA TOUT LE TEMPS !
KSS
KSS
KSS

QUAND JE LE VOIS ALLONGÉ SUR LE CANAPÉ, LA BARBE MÊME PAS RASÉE...
JE ME DEMANDE BIEN CE QUI M'ATTIRE CHEZ LUI.
HA HA HA !
PFFFT !
TROP DRÔLE!
JE SUIS SÛR QU'IL RÉAGIT COMME ÇA PARCE QU'IL S'AMUSE DE TES RÉACTIONS, NON ?
C'EST BIEN CE QUI M'ÉNERVE...
TU AS L'AIR DE PASSER DE BONS MOMENTS AVEC LUI, POURTANT.
J'AVOUE QUE MOI AUSSI, JE SUIS ASSEZ CURIEUSE DE SAVOIR CE QUI TE PLAÎT CHEZ LUI.
PRÉSENTE-NOUS, UN JOUR !
PAS QUESTION. T'ES TOUT À FAIT SON GENRE DE MEUF.
JE VOULAIS FAIRE TOMBER ASAHI AMOUREUX DE MOI, MAIS À L'INVERSE, C'EST MOI QUI SUIS DE PLUS EN PLUS ACCROCHÉ...
CETTE NUIT-LÀ, ON NE L'A FAIT QU'UNE FOIS,
MAIS C'ÉTAIT...
Ah !
Ah !
Non, attends...
Je vais encore jouir...

T'es vraiment...
adorable...
Peut-être qu'il a juste dit ça dans le feu de l'action...
HAA
MAIS QUAND MÊME...
C'ÉTAIT SUPER BON...
Et donc...
ET...
HÉ, TU M'ÉCOUTES, MASATO ?
HEIN ?!
NON, DÉSOLÉ, JE T'ÉCOUTAIS PAS...
AH LÀ LÀ...
TU T'ES AMOURACHÉ D'UN HÉTÉRO...
FAIS GAFFE DE NE PAS TE FAIRE POIGNARDER DANS LE DOS PAR TOUS LES COUPLES QUE TU AS BRISÉS DANS LE PASSÉ.
KHOF !
T'ES MÉCHANTE...
J'AI PAS OUBLIÉ CE QUE JE LEUR AI FAIT...
ALLEZ, ALLEZ, DÉPRIME PAS.
C'était une blague.

POUR ÊTRE HONNÊTE,
JE SUIS CONTENTE QUE TU AIES L'AIR HEUREUX À NOUVEAU.
N'EMPÊCHE QU'IL M'A TOUJOURS PAS DONNÉ DE RÉPONSE...
ET TOI, AU FAIT ?
JE CROYAIS QUE TU DÉPRIMAIS PARCE QUE TU T'ÉTAIS ENGUEULÉE AVEC TA COPINE.
FU FU FU
ON S'EST RÉCONCILIÉES, TOUT VA BIEN ENTRE NOUS.
ON VA ALLER VOIR LE FEU D'ARTIFICE ENSEMBLE.
OH, C'EST SUPER.
AAH... C'EST TROP BIEN D'ALLER VOIR LE FEU D'ARTIFICE EN AMOUREUX...
POURQUOI TU N'INVITERAIS PAS ASAHI-SAN À Y ALLER AVEC TOI ?

ÇA COMMENCE À ÊTRE COMPLIQUÉ DE FAIRE TOUT CE BOULOT TOUT SEUL...
TCHAC
MAIS JE DOIS ARRANGER LE BUREAU SI JE VEUX RECRUTER QUELQU'UN...
Et d'abord, il faut que je parle à Masato...
La salle de bain est libre.
T'ES ENCORE EN TRAIN DE FRONCER LES SOURCILS.
TU TRAVAILLES SUR UN TRUC COMPLIQUÉ ?
OUAIS...
LE DÉLAI DE LA MISSION QUE J'AI ACCEPTÉE A ÉTÉ AVANCÉ.
JE VAIS DEVOIR PARTIR EN DÉPLACEMENT PROFESSIONNEL À ÔSAKA SAMEDI.
OH...
POUR COMBIEN DE TEMPS ?
AU MOINS POUR UNE SEMAINE.
AH BON...
CRIIIC
HAAA...

ボスン
POUF
MH ?
BOUGE PAS.
JE TE RECHARGE AVEC MON ÉNERGIE.
SÉ-RIEUX...
QUOI ? ÇA TE POSE UN PROBLÈME ?
JE T'AI PAS DEMANDÉ DE M'EMBRASSER OU DE COUCHER AVEC MOI !
AAAH...
OK, OK...
C'EST BON, FAIS COMME TU VEUX.
AH LÀ LÀ...
...

ÉCOUTE, ASAHI...
ET JE FERAI GAFFE.
SI T'ES VRAIMENT GÊNÉ PAR CE GENRE DE CHOSES, DIS-LE CLAIREMENT...
GRIP
EH BEN...
SI T'ES EN TRAIN DE ME MANIPULER, T'ES VRAIMENT TRÈS DOUÉ.
HEIN ?
BOBOM
ASAHI...
BOBOM

ぷに
POUIC
... QU'EST-CHE QUE TU HOUS...?
Qu'est-ce que tu fous ?
POUIC
T'ES MUSCLÉ DE PARTOUT, MASATO, MAIS TES JOUES SONT TOUTES MOLLES.
POUIC
EH OH...
SI J'ACCEPTE, ÇA VA ENCORE PLUS ME PERTURBER PAR RAPPORT À CE QUE JE RESSENS.
Oh...
TU TE COMPLIQUES LA VIE POUR RIEN ! LAISSE-TOI ALLER ET TOMBE AMOUREUX DE MOI !
BON, JE VAIS ALLER PRENDRE UN BAIN, JE ME LÈVE TÔT DEMAIN.
M'ignore pas !!
LÈVE
Bonne nuit

VROOOOOOOOO...
ゴオオオー
CRÉTIN D'ASAHI...
BIENVENUE, KÔ-KUN.
MERCI D'ÊTRE VENU ME CHERCHER, NARU-SAN !
BROUHAHA
ざわ
CLAC
ガラ
駐車場
Parking
TU VEUX QU'ON AILLE MANGER QUELQUE PART APRÈS AVOIR DÉPOSÉ TES BAGAGES À L'HÔTEL ?
NON, JE SUIS FATIGUÉ... JE CROIS QUE JE VAIS ALLER ME COUCHER DIRECTEMENT.
ÇA FAISAIT LONGTEMPS QUE J'ÉTAIS PAS REVENU AU JAPON, J'AI PLEIN DE CHOSES À FAIRE...
Je suis naze à cause du décalage horaire...
CLAC
AH, JE VOIS.
OUAIS.
TU VEUX FAIRE LE PLEIN D'ÉNERGIE AVANT DE LE VOIR ?
VROUUUM...

JE VAIS BIEN PROFITER DE MES VACANCES POUR L'EMBÊTER UN PEU.
BROUHAHA
BROUHAHA
Feu d'artifice Guide complet
OOH...
SI TU VEUX TROUVER UN BON COIN POUR REGARDER LE FEU D'ARTIFICE, JE PEUX T'EMMENER DANS UN ENDROIT QUE JE CONNAIS !
ARRÊTEZ DE LIRE SUR LE TÉLÉPHONE DES AUTRES, HOZUMI-SAN.
PARDON, PARDON ! JE L'AI VU SANS FAIRE EXPRÈS.

MOI AUSSI, JE ME SUIS RENSEIGNÉ,
ET JE SUIS PRÊT À PARTAGER CE QUE J'AI APPRIS AVEC TOI, SI TU VEUX.
NE ME DITES PAS QUE VOUS AVEZ L'INTENTION DE VOUS INCRUSTER AVEC NOUS CE JOUR-LÀ ?
DE TOUTE FAÇON, TU VAS PASSER TOUT LE FEU D'ARTIFICE À CONTEMPLER IKU, PAS VRAI ?
ET AVEC IKU QUI VA RIEN CAPTER, ÇA RISQUE D'ÊTRE MARRANT, J'AI BIEN ENVIE DE VOIR ÇA.
CLAC
ET PUIS, UNE PERSONNE EN PLUS, ÇA CHANGERA PAS GRAND-CHOSE !
Je suis une valeur ajoutée.
ÇA CHANGERA ÉNORMÉMENT DE CHOSES.
Je vais te montrer le coin parfait !
HOZUMI-SAN...
VOUS PENSEZ VRAIMENT QUE ÇA VA ÊTRE MARRANT ?
HEIN ? BIEN SÛR QUE OUI ! PAS TOI ?
C'EST VRAI QUE LES FEUX D'ARTIFICES NE M'INTÉRESSENT PAS TROP,
MAIS CETTE SORTIE EST IMPORTANTE POUR MOI, PARCE QU'ELLE ME PERMET DE PASSER UN BON MOMENT AVEC SEMPAI, ET LE REGARDER APPRÉCIER CE QU'IL AIME.

SI VOUS AVEZ FAIT DES RECHERCHES, VOUS AUSSI...
C'EST QUE VOUS AIMERIEZ Y ALLER AVEC QUELQU'UN EN PARTICULIER, NON ?
JE ME TROMPE ?
HAA...
D'ACCORD, ITÔ-KUN...
JE SUIS TOUCHÉ, ON DIRAIT QUE TU TE SOUCIES VRAIMENT DE MOI...
...
...
...
PUISQUE TU INSISTES, J'INVITERAI IKU.
...
...
C'EST HORS DE QUESTION !!
CLAC

Inviter Asahi...
TAP
TAP
MAIS IL DÉTESTE LES ENDROITS BONDÉS, EN PLUS.
AH !
SALUT. T'AS FINI LE BOULOT ?
TOI AUSSI, T'AS PRIS GOÛT À VENIR ICI ?
OUAIS...
JE COMPRENDS CE QUE TU VOULAIS DIRE QUAND TU DISAIS QUE ÇA T'APAISAIT.
ASAHI, SI T'AS FINI DE BOSSER, ÇA TE DIT DE BOIRE UN COUP ?
OOH...
MERCI, C'EST SYMPA.
TCHAC

PARFOIS, QUAND TU REGARDES LA VILLE PENDANT LA JOURNÉE, ON DIRAIT DES MAQUETTES.
TU TROUVES PAS ÇA MARRANT DE TE DIRE QU'IL Y A DES GENS QUI VIVENT DANS CES MAQUETTES ?
EUUUH...
HA HA...
TU COMPRENDS PAS, HEIN ?
PARTOUT OÙ CES PETITES LUMIÈRES SONT ALLUMÉES...
IL Y A DES GENS QUI VIVENT LEUR VIE.
HEIN ?
EUH... OUAIS, C'EST VRAI.
NON, PAS DU TOUT...
ÇA DOIT ÊTRE UN TRUC D'ARCHITECTE, J'IMAGINE.
Mais bon, ça a l'air marrant.
POURQUOI T'AS CHOISI DE DEVENIR ARCHITECTE, ASAHI?

MON PÈRE ÉTAIT UN CHARPENTIER TRÈS DOUÉ... MAIS ON VIVAIT DANS UNE MAISON DE LOCATION.
IL DISAIT TOUJOURS «UN JOUR, JE TE CONSTRUIRAI UNE TRÈS BELLE MAISON».
J'AI PROBABLEMENT ÉTÉ INFLUENCÉ PARCE QUE JE L'ADMIRAIS BEAUCOUP.
AH BON ? IL TRAVAILLE ENCORE ?
NON...
IL A ÉTÉ BLESSÉ PENDANT UNE MISSION ET A DÛ ARRÊTER...
MAINTENANT... C'EST JUSTE UN VIEIL HOMME ALCOOLIQUE.
À CAUSE DE ÇA, MA MÈRE EST PARTIE, ALORS QUE MON FRÈRE ÉTAIT ENCORE TOUT PETIT...
ET APRÈS, ON A VÉCU DANS LA PAUVRETÉ.
QUAND JE VOYAIS LES GENS EN TRAIN DE RIRE DANS LEURS BELLES MAISONS ÉCLAIRÉES...
QUAND JE SENTAIS L'ODEUR DE NOURRITURE QUI S'EN ÉCHAPPAIT...
JE NE POUVAIS PAS M'EMPÊCHER D'ÊTRE JALOUX.

ALORS J'AI DÉCIDÉ QUE CE SERAIT MOI QUI CONSTRUIRAIS UNE BELLE MAISON À MON PÈRE, CETTE FOIS.
J'AI GRIFFONNÉ UN PLAN DE MAISON AVEC PLUSIEURS PIÈCES AU DOS D'UN FLYER, COMME SI MA VIE EN DÉPENDAIT...
TU VOIS, CETTE VIEILLE MAQUETTE, DANS MA CHAMBRE ?
OUAIS...
ET QUAND J'AI MONTRÉ ÇA À NARU, IL M'A DIT QUE CE N'ÉTAIT PAS LE TRAVAIL D'UN CHARPENTIER MAIS D'UN ARCHITECTE.
ALORS JE ME SUIS PLONGÉ À CORPS PERDU DANS CES ÉTUDES.
JE ME DISAIS QUE SI JE PARVENAIS À CONSTRUIRE UNE MAISON COMME ÇA, J'AURAIS TOUT CE QUE JE VOUDRAIS DANS LA VIE.
CETTE MAQUETTE, C'EST LE SYMBOLE DE TOUTES MES ILLUSIONS STUPIDES.
JE VOIS... ALORS C'ÉTAIT TES DÉBUTS, CETTE MAQUETTE.
NON, RIEN D'AUSSI IMPORTANT...
D'AILLEURS, JE N'Y SUIS MÊME PLUS ATTACHÉ, MAINTENANT...

……
DÉSOLÉ… C'ÉTAIT PAS UNE HISTOIRE TRÈS INTÉRES-SANTE.
ON RENTRE ?
SI, C'ÉTAIT INTÉRESSANT.
JE SUIS CONTENT QUE TU M'EN AIES PARLÉ.
EN FAIT, JE NE SUIS QU'UN VIEUX QUI COMMENCE À RADOTER…
TU VAS REGRETTER D'ÊTRE TOMBÉ AMOUREUX DE MOI.

DANS CE CAS, POUR T'EMPÊCHER DE RADOTER, JE VAIS T'OBLIGER À NE PENSER QU'À MOI.
TU N'AURAS QUE MOI À L'ESPRIT DÈS QUE TU TE RÉVEILLERAS LE MATIN OU QUAND TU T'ENDORMIRAS LE SOIR.
C'EST MIEUX COMME ÇA, HEIN ?
NON ?

HI HI...
PFWAHAHA !
ぶはっ
T'ES VRAIMENT BIZARRE, TOI !
HA HA HA !
AAAH...
JE VOULAIS DIRE UN TRUC ROMANTIQUE, ET TU TE MOQUES DE MOI...
C'EST PARCE QUE JE NE SUIS PAS QUELQU'UN DE ROMANTIQUE.
ÇA, C'EST SÛR...
TAP...
シャリ
MASATO...
MH ?
NON, RIEN. ON PASSE PAR LA SUPÉRETTE EN RENTRANT ?
OK.

«Tu vas regretter d'être tombé amoureux de moi.»
BIP
POURQUOI J'AI DIT ÇA ? POUR LE TESTER ?
OU ALORS, PARCE QUE JE VOULAIS QU'IL ME REJETTE ?
CLAC
花火大会
Feu d'artifice d'été
?

TU VEUX QU'ON Y AILLE ENSEMBLE, VOIR LE FEU D'ARTIFICE ?
HEIN...?
TU VOUDRAIS BIEN...?

POF
TU... TU PARS EN DÉPLACEMENT DEMAIN, NON ?
SI TU NE RENTRES PAS À TEMPS POUR QU'ON PUISSE LE VOIR ENSEMBLE, JE T'EN VOUDRAI !
OUAIS, OUAIS.
JE SAIS, JE SAIS.

BIP
HAA...
SACRÉ ASAHI...
T'ÉTAIS PAS OBLIGÉ DE TE RÉVEILLER EXPRÈS POUR ME DIRE AU REVOIR, HEIN.
BÂILLE...
NON, JE ME SUIS RÉVEILLÉ PAR HASARD.
AH, OK...
BON, J'Y VAIS. PRENDS SOIN DE TOI.
JE PRENDS TOUJOURS SOIN DE MOI.
MASATO...

QUAND JE REVIENDRAI, J'AIMERAIS BIEN QU'ON PARLE DE QUELQUE CHOSE.
À CE MOMENT-LÀ...
TU ME DIRAS À NOUVEAU CE QUE TU RESSENS POUR MOI.

CLAC
バタン…
Il veut que je lui répète ce que je ressens pour lui ?
Ça veut dire... Qu'il compte me donner une réponse ?
Mais si jamais la réponse est non...
IL NE M'EMBRASSERA PLUS... ET ON N'IRA PAS VOIR LE FEU D'ARTIFICE ENSEMBLE...
DING DOOOOOOONG
ピンポーン

OUI ?
Bonjour ! Je suis Kôsei, le petit frère d'Asahi.
Mon grand frère est là ?
Le petit frère d'Asahi ?!
AH...
JE VOUS OUVRE LA PORTE...
TCHAC
HEIN...?
BONJOUR !

JE SUIS VENU SANS PRÉVENIR, JE VOULAIS FAIRE UNE SURPRISE À MON GRAND FRÈRE.
MAIS...
ÇA FAIT UN BAIL, MASATO-KUN.
TU TE SOUVIENS DE MOI ?
Désolé, je ne suis pas habitué à ce genre d'endroit...
Ah bon ? T'es marrant, toi !
Conseiller personnel
YAJIMA KÔSEI
C'est la première fois qu'on me donne une carte de visite dans un endroit pareil.
ÇA FAIT BIEN QUATRE ANS QU'ON NE S'EST PAS VUS... NON, CINQ ANS ?

À CETTE ÉPOQUE, JE NE CONNAISSAIS RIEN À RIEN, ET TU M'AS APPRIS BEAUCOUP DE CHOSES, MASATO-KUN.
Tu t'es amouraché d'un hétéro...
Fais gaffe de ne pas te faire poignarder dans le dos par tous les couples que tu as brisés dans le passé.
K... KÔSEI...?

Episode 7

LOVENEST

Même si je regrette de l'avoir fait, même si j'ai promis de ne plus jamais recommencer,
Ça ne changera rien au fait que j'ai blessé de nombreuses personnes.
Cinq ans plus tôt - hiver
Hé, regarde, Masato, y'a quelqu'un que je connais pas, là-bas.
Il est jeune, mais il porte un costume... C'est un employé de bureau ?
Ouah, il a l'air super innocent, c'est mignon !
Tout le monde est comme ça au début... Pas vrai ?
Toi aussi, Yûji, t'étais innocent.
Depuis ma rupture compliquée avec Kazuomi, j'ai pris l'habitude de venir ici le soir pour me distraire.
Comment ça, «j'étais» ?!

Je bois, je parle avec ceux qui m'intéressent,
et quand ça se passe bien, je couche avec eux.
Tout en continuant à ressentir de la frustration au fond de mon cœur...
Excusez-moi, euh...
Une bière pression, s'il vous plaît.
Tu sais que notre barman a déjà participé à un concours de cocktails ?
Hein ?
APPROCHE
Si tu veux, je peux te faire des recom-mandations.
Ce jour-là, je n'avais pas envie de ramener quelqu'un chez moi,
Alors j'ai juste parlé avec ce type, Kôsei, pendant qu'on buvait.

Être anxieux parce qu'on est tombé amoureux de quelqu'un du même sexe que soi,
surtout si c'est un premier amour...
Ça arrive souvent.
Euh... Masato-kun, ça te dirait qu'on se revoie pour discuter ?
Euh...
Ça me ferait très plaisir qu'on devienne amis.
Amis, hein ?
Bah, il est mignon, je ne dis pas non pour l'avoir comme sex friend.
Enfin, c'était ce que je me disais,
mais en fait, je suis rapidement devenu son conseiller personnel à propos de son histoire d'amour non réciproque.
Et il arrête pas de dire des trucs qui me font espérer,
alors qu'il a une copine...
Je sais vraiment pas à quoi il pense...
Je t'avais dit d'éviter les types hétéros...
On dirait pas, mais il y a une énorme différence entre eux et nous.
POUF

EH,
Tu devrais sortir avec moi. Je suis plus gentil que lui, non ?
Tu parles,
Tu dis ça, mais t'es pas amoureux de moi, Masato-kun.
Mince, grillé ?
HA HA HA
GLISSE
GLING
GLING
TAP
Je t'ai cherché partout, Kôsei !
HEIN ?!
Jun ?! Qu'est-ce que tu fais ici ?!
Je croyais que t'avais rendez-vous avec ta copine...
Je sais pas ce que tu t'imaginais, mais ça fait un bail que j'ai rompu avec elle...
Je t'avais dit que je voulais te parler... Qu'est-ce que tu fais ici ?
GRIP
Jun !
Attends !

GLING
GLING
HI HI HI
Il m'a fusillé du regard...
Il m'a donné 10000 yens* pour un simple café ?
Tu vas encore essayer de séparer un pauvre couple ?
Pourquoi tu les laisses pas tranquilles ?
Dis pas ça, patron ! J'ai encore rien fait.
Et pour les autres couples,
j'ai même pas eu besoin de faire grand-chose, ils se sont séparés tout de suite.
[*Environ 80€]
Personne n'a remarqué que je m'en étais mêlé.
Peut-être qu'ils ne l'ont pas remarqué,
mais quand même...
PAF
Ça suffit !
S'ils s'aimaient vraiment, ils auraient pas rompu pour si peu.
J'vais aux chiottes.

HAA
Je m'inquiète pour toi, moi...
D'un côté, Kôsei, amoureux pour la première fois, incapable de penser à autre chose,
De l'autre, un homme possessif, sous pression à cause des attentes de ses parents, à deux doigts de craquer.
On ajoute les préjugés ancrés dans la société et le manque de confiance en l'autre...
Avec tout ça, il n'a pas suffi de grand-chose pour les briser.
J'ai décidé de ne plus voir Jun
0:53
«Tu avais raison, Masato-kun, ça ne fonctionnera jamais...»
«Merci de m'avoir écouté jusqu'à présent.»
Après m'avoir envoyé son dernier message,
Kôsei a disparu de ma vie.

ET VOILÀ...
JE LE SAVAIS.
GLING
MERCI, MASATO-KUN.
QUELLE MALCHANCE QUE MON FRÈRE SOIT PARTI EN VOYAGE D'AF-FAIRES JUSTE AU MOMENT OÙ JE REVIENS...
J'AURAIS DÛ PRÉVENIR AVANT DE VENIR.
HA HA HA
C'EST SÛR.

ET SINON... TU RESTES AU JAPON COMBIEN DE TEMPS ? TU FAIS QUOI COMME TRAVAIL, KÔSEI ?
AH,
JE TRAVAILLE À LOS ANGELES COMME COACH DE VIE POUR LES EXPATRIÉS JAPONAIS... MAIS IL Y AVAIT QUELQU'UN QUI VOULAIT FAIRE UN STAGE CHEZ NOUS,
DU COUP, J'EN AI PROFITÉ POUR PRENDRE DEUX SEMAINES DE VACANCES.
AH BON...
Enfin bon...
ON DIRAIT QUE JE VAIS QUAND MÊME POUVOIR VOIR MON FRÈRE, TANT MIEUX.
Est-ce que c'est une coïncidence qu'il soit ici...?
À propos de ce que j'ai fait dans le passé...
De quoi est-il au courant, exactement...?
MASATO-KUN, SI ÇA NE T'EMBÊTE PAS...
EST-CE QUE JE POURRAIS RESTER ICI JUSQU'À CE QUE MON FRÈRE REVIENNE ? JE N'AI NULLE PART AILLEURS OÙ ALLER...
BOBOM

HEIN ?
EUH... ÇA ME DÉRANGE PAS, MAIS...
TANT MIEUX !
Merci beaucoup !
C'EST PAS GRAVE SI TU PRÉVIENS PAS ASAHI ?
EUH...
QUAND JE REVIENS DES ÉTATS-UNIS, IL ME LAISSE TOUJOURS DORMIR CHEZ LUI, DONC C'EST BON.
CETTE FOIS, QUAND IL RENTRERA, IL AURA UNE GROSSE SURPRISE !
.....
TU VOUDRAS BIEN ÉVITER DE LUI EN PARLER, DU COUP ?
CLAC
«J'ai réservé un hôtel pour cette nuit, donc je reviendrai lundi avec mes bagages.»
«Naru-san m'a déjà prêté la clé de l'appartement.»

«On aura tout le temps de discuter !»
«Tu vas pouvoir me raconter tout ce qui t'est arrivé depuis la dernière fois.»
«Pas vrai, Masato-kun ?»
C'est quoi ce bordel...?
Kôsei est le petit frère d'Asahi...?
Dites-moi que c'est une blague...
GLISSE...
ズルル
Naru-san m'a déjà prêté la clé...
AH !
Naru sait ce que j'ai fait à Kôsei...
Il sait que c'est le petit frère d'Asahi...
Naru
17:23
Il est au courant de tout !
DRIIIIIIIIIING
プルルルルルルル
DRIIIIIIIIIING
プルルルルルルル
DRIIIIIIIIIING
プルルルルルルル
Alors pourquoi il m'a laissé cohabiter avec Asahi ?!
À quoi il pensait ?!
BOBOM...
ドクン

Asahi... Il est au courant...?!
KSSSS
KSSSS
KSSSS
KSSSS
CLAC
CLAC
CLAC
JE VOUS DIS QUE LA TAILLE DES FENÊTRES NE CORRESPOND PAS !!
VOUS AVIEZ BIEN NOTÉ LES CHANGEMENTS DANS LES PLANS ?
QUOI ?!

VOUS VOUS FOUTEZ DE M...
SHAAAAAAAAAAAAAH !
グルルルルル…
GRRRRRRR...
Yajima-san ?
CLAC
CLAC
EUH...
OUI, JE SUIS LÀ.
BREF, DÉPÊCHEZ-VOUS DE RÉGLER LE PROBLÈME...
OUI.
TAP

TAP
TAP
TAP
OH NON, PAS LUI...
TAP...
Pose de combat
TAP
TAP
TAP
OUAH !
DIRE QUE C'EST DÉJÀ LA SAISON DES FEUX D'ARTIFICE !
Les premiers feux d'artifice de cet été sont...
PAN
PAN

CLAC
BONSOIR, MASATO-KUN !
JE SUIS ARRIVÉ PENDANT TON ABSENCE.
BIENVENUE À L'APPARTEMENT.
J'AI REMARQUÉ QUE LA CHAMBRE DE MON FRÈRE ÉTAIT BEAUCOUP MIEUX ORGANISÉE QU'AVANT.
DIRE QUE JE M'ÉTAIS PRÉPARÉ À TOUT RANGER EN PENSANT QUE JE N'AURAIS PAS DE PLACE POUR DORMIR...
AH... OUI, JE L'AI AIDÉ À FAIRE LE MÉNAGE.
J'AVAIS PEUR QU'IL PROVOQUE UN INCENDIE EN FUMANT COMME UN POMPIER.
TAP
TAP
OH...
MOI, IL NE M'ÉCOUTE JAMAIS QUAND JE LUI DIS DE RANGER SA CHAMBRE.
SI ÇA SE TROUVE...
TU T'ES MIS MON FRÈRE DANS LA POCHE EN CUISINANT DE BONS PETITS PLATS POUR LUI ?
CLAC
IL Y A PLEIN DE CHOSES QU'IL AIME DANS LE FRIGO.
Je ne savais pas que tu cuisinais, Masato-kun.
LE POULPE MARINÉ, C'EST SON PLAT PRÉFÉRÉ.
HA HA...
TU TE FAIS DES IDÉES.

DÉSOLÉ, KÔSEI, JE DOIS ME LEVER TÔT DEMAIN, ÇA T'EMBÊTE SI ON DISCUTE UNE AUTRE F...
POURQUOI TU CROIS QUE JE SUIS REVENU AU JAPON ?
C'ÉTAIT PAS POUR LES VACANCES D'ÉTÉ ?
MINERAL WATER
EN PARTIE, MAIS PAS SEULEMENT.
Merci.
POC
DÈS QU'ON VOIT MON FRÈRE, ON SE REND COMPTE QU'IL A DU MAL À PRENDRE SOIN DE LUI, PAS VRAI ?
TCHAC
ON S'APPELLE DE TEMPS EN TEMPS, LUI ET MOI.
QUAND NARU-SAN EST VENU À LOS ANGELES POUR LE TRAVAIL, IL M'A RACONTÉ EN DÉTAIL COMMENT IL ALLAIT.
COMMENT ÇA SE PASSAIT AU TRAVAIL, OU BIEN DANS SA VIE PER-SONNELLE...
QUAND ON EST LOIN DE CEUX QU'ON AIME, ON S'INQUIÈTE POUR EUX, TU SAIS.

ON A UNE GRANDE DIFFÉRENCE D'ÂGE, AVEC MON FRÈRE, ET C'EST LUI QUI M'A ÉLEVÉ, EN QUELQUE SORTE. IL COMPTE ÉNORMÉMENT POUR MOI.
ALORS... QUAND J'AI APPRIS QU'IL VIVAIT AVEC TOI, MASATO-KUN, JE N'ARRIVAIS PAS À Y CROIRE.
UN TYPE COMME TOI, QUI PASSE TON TEMPS À BRISER LES COUPLES DES AUTRES, EN COLOCATION AVEC MON GRAND FRÈRE...
C'ÉTAIT IMPENSABLE.
350ml
D'accord...
Alors il savait tout depuis le début...
TOMBE...

KÔSEI...
À CETTE ÉPOQUE...
TU N'AS PAS BESOIN DE T'EXCUSER POUR CE QUI S'EST PASSÉ.
TU VEUX PROBABLEMENT ALLÉGER LE POIDS DE TA CULPABILITÉ...
MAIS LE PROBLÈME VENAIT DE NOUS... PARCE QU'ON ÉTAIT INCAPABLES DE SE FAIRE CONFIANCE.
TU N'AS ÉTÉ QUE LE DÉCLENCHEUR.
PAR CONTRE, SI TU AS AGI DE FAÇON DÉLIBÉRÉE POUR NOUS POUSSER À NOUS SÉPARER, C'EST UNE AUTRE HISTOIRE.
DANS CE CAS, NE T'IMAGINE PAS QUE JE TE LAISSERAIS APPROCHER DE MON FRÈRE SANS RIEN DIRE.
JE N'AI QU'UN SEUL BUT...
TE VOIR DISPARAÎTRE DE LA VIE DE MON FRÈRE.

NE T'APPROCHE PLUS DE LUI, ET ARRÊTE D'ESSAYER DE LE SÉDUIRE.
Lapin
B1
CLAC
QUELLE TÊTE... J'EN DÉDUIS QUE KÔSEI N'A PAS ÉTÉ TRÈS GENTIL AVEC TOI.

C'EST TOI QUI M'AS TENDU CE PIÈGE, PAS VRAI ?
Tu lui sers la même chose ?
TENDU UN PIÈGE ? MOI ?
JE N'AI FAIT QUE TE PROPOSER UN ENDROIT OÙ HABITER, MASATO.
JE DISCUTE SOUVENT AVEC KÔ-KUN... UN JOUR, ON A PARLÉ DE TA TENDANCE À BRISER LES COUPLES DES AUTRES.
IL NE S'ÉTAIT PAS RENDU COMPTE QUE C'ÉTAIT DE TA FAUTE, CE QUI LUI ÉTAIT ARRIVÉ, ALORS IL S'EST MIS À TE HAÏR...
HI HI
POUR-QUOI...?
TU ÉTAIS EN COLÈRE CONTRE MOI PENDANT TOUT CE TEMPS...? C'EST POUR ÇA QUE TU AS MONTÉ TOUT ÇA ?
EN COLÈRE ? PARCE QUE TU JOUAIS LES BRISEURS DE COUPLE ? PAS DU TOUT.
AU CONTRAIRE, JE PARTAGE TON POINT DE VUE. SI UN COUPLE NE PEUT PAS SUR-MONTER UN OBS-TACLE COMME CELUI-CI, ALORS IL NE RISQUE PAS DE DURER BIEN LONGTEMPS.
FUIP
MAIS TOI, MASATO, TU N'AVAIS PAS ASSEZ DE COURAGE POUR ASSUMER LES RISQUES QUE TU PRENAIS EN BLESSANT LES AUTRES.
TU NE PENSAIS PAS QUE ÇA VIENDRAIT TE RETOMBER SUR LE COIN DE LA TRONCHE, HEIN ?

ET ASAHI...?
QUAND KÔ-KUN S'EST SÉPARÉ DE SON COPAIN, IL A FAIT UNE PROFONDE DÉPRESSION ET A DÛ ÊTRE HOSPITALISÉ.
ASAHI NE SAVAIT PAS CE QUI S'ÉTAIT PASSÉ, ALORS JE LUI AI RACONTÉ TOUT CE QUE JE SAVAIS.
MAIS JE NE SAIS PAS COMMENT IL A RÉAGI, NI CE QU'IL EN A PENSÉ.
MAIS...
ASAHI EST DU GENRE À SE FAIRE LUI-MÊME SES PROPRES OPINIONS SUR LES AUTRES.
APRÈS TOUT, C'EST LUI QUI A FAIT LE PREMIER PAS VERS TOI, PAS VRAI ?
Bois un coup avec moi.

ALORS, ASAHI SAVAIT QUEL GENRE DE PERSONNE J'ÉTAIS...
ET IL A CHOISI LE MOYEN LE PLUS CRUEL DE SE VENGER.
C'était de ça dont il voulait me parler en rentrant ?
Il voulait me faire tomber amoureux de lui, puis me jeter...
C'EST VRAIMENT TRÈS EFFICACE, COMME VENGEANCE.
ET COMME TU ES AMI AVEC LUI, TU L'AS AIDÉ...
JE COMPRENDS TOUT, MAINTENANT.
DÉSOLÉ, MASATO...
J'AI QUELQUE CHOSE DE PRÉVU, IL FAUT QUE JE TE LAISSE.
CLAC

SI TU ARRÊTES DE LE VOIR, TU N'AURAS PLUS À SOUFFRIR.
DE TOUTE FAÇON, TU VAS FORCÉMENT FINIR PAR BAISSER LES BRAS...
DONC ÇA NE SERT À RIEN DE TE PRENDRE LA TÊTE.

FSCHHH...
C'était...
la punition logique.
C'EST ÇA QU'ON APPELLE LE KARMA ?
Je ne pense pas qu'il n'y avait que des mensonges dans ce qu'Asahi m'a dit.
En tout cas, pour moi, c'était la vérité.
Mais...

Il a caché la chose la plus importante au fond de son cœur...
Pour que je ne la voie pas.
CLAC
EST-CE QUE MAINTENANT...
J'AI ENCORE LE DROIT DE T'AIMER...?

[*Mitarashi dango : boulettes de mochi (pâte de riz gluant) enrobées de sauce sucrée au soja.]

Je suis sûr que tu les adoreras !
Regarde, c'est ça !
On les mangera ensemble !
Bonjour, personne suivante, s'il vous plaît !
Petit chat

C'EST TOUT À FAIT LUI...
HI HI
Ça fait 3650¥*, s'il vous plaît.
新大
BROUHAHA
ザワ
BROUHAHA
ザワ
PILING
docomo
62%
18:35
Samedi 5 août
LINE
Masato
Désolé, je pourrai pas aller au feu d'artifice avec toi
C'EST LUI QUI VOULAIT À TOUT PRIX Y ALLER, POURTANT...
QUOI ?
[*Environ 30€]

18:35
Tu pourras y aller avec Kôsei
Il voulait le voir
18:36
PILING
JE ME SUIS DÉPÊCHÉ DE FINIR MON BOULOT EXPRÈS...
KÔSEI...?
TULULULULULULULULU...

[*Nii-san, ou onii-san = grand frère]

IL NE RÉPOND PAS QUAND JE L'APPELLE...
OÙ EST-CE QU'IL EST ALLÉ...?
MASATO ? IL EST PARTI.
C'EST CE QU'IL FAIT TOUJOURS, PAS VRAI ?

KÔSEI… TU…
JE…
JE NE VOULAIS PAS QUE TU SOIS BLESSÉ, C'EST TOUT…

DEPUIS TOUJOURS, TU SOUFFRES SANS JAMAIS EN PARLER À PERSONNE...
MÊME AVEC CE QUI S'EST PASSÉ AVEC TA FEMME... TU TRAVERSAIS UN MOMENT TRÈS DIFFICILE, MAIS TU NE ME L'AS JAMAIS DIT.
Episode 8
LOVENEST
JE NE VEUX PLUS QUE ÇA RECOMMENCE...
KÔSEI...
À CETTE ÉPOQUE, TU AVAIS TES PROPRES PROBLÈMES.
UN PEU AVANT QUE JE REVIENNE AU JAPON...
NARU-SAN M'A PARLÉ DE MASATO-KUN.
IL M'A DIT QU'IL SEMBLAIT INTÉRESSÉ PAR TOI, ET QUE TOI, DE TON CÔTÉ, TU N'AVAIS PAS L'AIR CONTRE NON PLUS.
ET JE ME SUIS DIT, SI JAMAIS IL FAIT ÇA PARCE QU'IL A DES IDÉES DERRIÈRE LA TÊTE ET QUE TU EN SOUFFRES...
KÔSEI...
APRÈS TOUT,
COMMENT EST-CE QUE TU PEUX AVOIR CONFIANCE EN QUELQU'UN D'AUSSI ÉGOÏSTE QUE LUI ?

JE COMPRENDS QUE TU SOIS INCAPABLE DE LUI FAIRE CONFIANCE, KÔSEI...
MAIS... PARFOIS, CERTAINES PERSONNES SONT TELLEMENT ABSORBÉES PAR LEUR DOULEUR QU'ELLES FINISSENT PAR BLESSER LES AUTRES.
SI TU PENSES ÇA...
C'EST PARCE QU'IL VEUT TE LE FAIRE CROIRE.
ET... JE PENSE QU'IL REGRETTE D'AVOIR AGI COMME ÇA.
DÉSOLÉ...
J'AI DIT ÇA SANS PENSER À CE QUE TU RESSENTAIS.
DÉSOLÉ DE T'AVOIR INQUIÉTÉ...
POUF

Episode 8
LOVENEST

BON, J'Y VAIS.
C'EST DUR D'ÊTRE INFIRMIÈRE DE NUIT ! QUEL COURAGE TU AS.
TU VEUX QUE JE TE CONDUISE À L'HÔPITAL ?
NON, MERCI, J'AI MA VOITURE.
ET SINON, MASATO-KUN,
N'EN PROFITE PAS POUR ESSAYER DE SÉDUIRE MARI-CHAN PENDANT QUE J'AI LE DOS TOURNÉ !
SI TU VEUX, MAIS...
QU'EST-CE QUE JE FAIS SI C'EST ELLE QUI ME SÉDUIT ?
POUIC
C'EST IMPOSSIBLE, ÇA !!
OK, OK, ON SE CALME... SOIS PRUDENTE, HIYORI.
Tu vas être en retard.
402
Kuroda
Momoshiro
DIS-MOI, MASATO...
TU ES SÛR QUE TU VEUX PARTIR DEMAIN ?
OUI, J'AI LOUÉ UN APPARTEMENT À LA SEMAINE PRÈS DE MON BOULOT.
ET JE CHERCHERAI UNE LOCATION PERMANENTE UNE FOIS LÀ-BAS.
SHHHHH...
CE QUE JE VEUX DIRE, C'EST... EST-CE QUE TU VAS RÉUSSIR À VIVRE TOUT SEUL ?
MAIS OUI, T'INQUIÈTE.
JE SUIS TOUT LE TEMPS AU TRAVAIL... ET PUIS, C'EST PAS LA PEINE DE DÉPRIMER JUSTE À CAUSE D'UNE PEINE DE COEUR.
CLAC
MAIS...

C'EST VRAI QUE...
J'habitais encore tout seul à l'époque.
QUAND J'AVAIS ROMPU AVEC KAZUOMI, TU M'AVAIS FORCÉ À VENIR VIVRE CHEZ TOI PENDANT UN MOMENT.
COUIC
JE NE SUIS PAS CRUELLE AU POINT DE NE RIEN FAIRE QUAND JE VOIS UN AMI DÉSESPÉRÉ À EN MOURIR.
HA HA !
MERCI, MARIÉ.
AH LÀ LÀ...
Tu me fais mal.
FROTTE
C'EST VRAI QUE TU AS FAIT DES CHOSES STUPIDES,
MAIS ÇA M'ÉTONNERAIT QU'ASAHI-SAN TE JUGE LÀ-DESSUS.
EN L'ESPACE DE QUELQUES MOIS SEULEMENT, VOUS VOUS ÊTES VRAIMENT RAPPROCHÉS...
PEU IMPORTE CE QU'ASAHI PENSE DE MOI, PEU IMPORTE À QUEL POINT JE L'AIME...
À LA PLACE DE KÔSEI, J'AURAIS PEUT-ÊTRE FAIT LA MÊME CHOSE.
ET QUAND JE ME DIS ÇA...
JE ME RENDS COMPTE QUE JE SERAIS INCAPABLE DE LE REGARDER EN FACE, MAINTENANT.

T'AS PAS CHANGÉ, MASATO...
TU TROUVES ?
JE TE L'AI DÉJÀ DIT... NOTRE NATURE PROFONDE NE CHANGE PAS.
TU ES QUELQU'UN DE SOLITAIRE ET DE TROUILLARD.
TOUT CE QUE TU DÉSIRES, C'EST D'ÊTRE AIMÉ.
PFF !
QU'EST-CE QUE TU RAC...
TIRE
PASSER SA VIE À FUIR, OU ABANDONNER DÈS QU'UN OBSTACLE SE PRÉSENTE...
LES DEUX SONT DOULOUREUX, PAS VRAI ?
POURQUOI TU N'ESSAIERAIS PAS DE DONNER TOUT CE QUE TU AS À DONNER, POUR UNE FOIS ?
KSSSSS
KSSSSS
KSSSSS
KSSSSS
KSSSSS

CLAC
T'en as mis du temps à te lever !
Pile le jour où je suis de repos !
CLAC
HYPER DRY
BEER
TAP ペタ
TAP ペタ

GLOUP
GLOUP
HÉ HO...
TU BOIS DE LA BIÈRE DÈS LE MATIN ?
SURSAUTE
AH...
KÔSEI...
BEER
BAH... JE TRAVAILLE PAS AUJOURD'HUI, ALORS C'EST UN PETIT PLAISIR QUE JE M'AUTORISE...
AH BON, D'ACCORD...
MAIS TU TIENS PAS L'ALCOOL, ALORS FAIS ATTENTION À NE PAS TROP BOIRE, HEIN ?
T'INQUIÈTE, ÇA VA ALLER.
JE M'ENDORMIRAI AVANT.
HYPER DRY
BEER
KÔSEI, TU SORS ?
AH,
OUI, J'AI PROMIS D'ALLER VOIR DES AMIS PEN-DANT QUE JE SUIS AU JAPON...

JE REVIENDRAI POUR MANGER... TU VEUX QUE JE T'ACHÈTE UN TRUC ?
ÇA IRA,
JE ME DÉBROUILLERAI, T'INQUIÈTE PAS POUR MOI.
PROFITE D'ÊTRE ICI POUR PASSER DU TEMPS AVEC TES AMIS, TU NE LES VOIS PAS SOUVENT.
OK, MERCI... BON, J'Y VAIS.
CLAC...
Je savais que si Masato apprenait la vérité à propos de Kôsei, il y avait de fortes chances...
qu'il disparaisse de ma vie.
POUF...

Et pourtant, je me disais que si jamais il me choisissait...
j'aurais peut-être une chance de retrouver toutes ces choses que j'ai perdues.
Rétrospectivement, j'ai vraiment été trop naïf...
HYPER DRY
BEER
SLUUURP
C'EST DÉGUEU...
Et c'est cher, en plus.
ÇA AVAIT VRAIMENT CE GOÛT-LÀ, AVANT ?
FHHHH...

SCHLACK
POURQUOI J'AI ACHETÉ ÇA, MOI...
TCHAC

[*Kimono d'été en coton.]

ドォーン
PAN !
ドン
BOM
ドンッ
BOM
パチパチ
CLAP
パチ
CLAP
パチ
CLAP

CLIC
OUAH...
IL A DÉJÀ RÉUSSI À TOUT METTRE EN BORDEL...
IL EST VRAIMENT PAS POSSIBLE...
AAH...
QU'EST-CE QU'IL FUME...
C'EST MAUVAIS POUR SA SANTÉ, BON SANG...
Je sais qu'il faisait attention à ce genre de choses,
quand j'étais encore ici...
En fait...
C'est vraiment quelqu'un de très gentil.

Est-ce qu'il n'a rien dit à propos de Kôsei parce qu'il savait que ça me blesserait si j'étais au courant ?
Mais j'avais peur de faire face à la réalité,
Je me disais que c'était ma punition...
Il a même accepté...
de répondre à mes demandes égoïstes...
Et je me suis enfui loin d'Asahi...
CLAC
ON VOIT PAS LE FEU D'ARTIFICE D'ICI...
DOMMAGE.

FAUT QUE JE ME DÉPÊCHE DE RÉCUPÉRER LE RESTE DE MES AFFAIRES.
CLAC
SALUT.
OÙ EST-CE QUE TU TE CACHAIS JUSQU'À MAINTENANT ?

QU'EST-CE QUE...
DIS DONC, T'AURAIS AU MOINS PU ME PRÉVENIR QUE TU PARTAIS.
FAIT CHAUD...
JE ME SUIS INQUIÉTÉ EN VOYANT QUE T'ÉTAIS PLUS LÀ À MON RETOUR.
DÉSOLÉ...
Enfin, bref.
TU REGARDAIS LE FEU D'ARTIFICE ?
NON, JE REGARDAIS PAS...
JE VEUX DIRE, ON VOIT RIEN D'ICI.
ASAHI...

VIENS PAR ICI.
IL EST LOIN, MAIS BON.
ON N'ENTEND MÊME PAS LE SON.
NARU M'A DIT...
QUE TU ALLAIS AU FEU D'ARTIFICE AVEC LUI ET KÔSEI.
OUI...
ET MOI, IL M'A DIT QUE TU SERAIS ICI POUR RÉCUPÉRER TES AFFAIRES.
HEIN ?
JE VOULAIS VRAIMENT TE VOIR...

PAN
Je vais acheter à manger, vous voulez quelque chose ?
Je veux bien une glace pilée, Kô-kun !
Une bleue !
Ok.
FLAP
FLAP
Tu fais une tête à faire peur.
Tu devrais en profiter pour t'amuser, sinon Kô-kun va se faire du souci.
Je t'avais dit de ne pas te mêler de tout ça, Naru...
Quoi,
Tu penses que j'ai fait exprès d'attendre que tu partes en voyage d'affaires pour faire revenir Kô-kun au Japon ?
PAN
PAN
De toute façon, au bout d'un moment,
Masato aurait appris la vérité et il se serait sans doute enfui en courant, dévoré par la culpabilité.
Peut-être, mais c'était pas la peine de lui forcer la main.
AAAAH...
C'est facile d'ajuster son attitude une fois qu'on a vu comment la personne d'en face réagit.

PFF...
TOURNE
ゴロン
Je sais que tu t'imagines que tu ne peux pas le rendre heureux...
Mais laisse-moi te dire que t'es vraiment stupide de te laisser entraver par cette idée.
OH.
Pardon ?!
Au fait,
Masato m'a dit qu'il allait profiter du feu d'artifice pour aller récupérer ses affaires,
バッ
Si je ne me trompe pas...
KÔSEI N'EST PAS TROP DÉÇU QUE TU NE REGARDES PAS LE FEU D'ARTIFICE AVEC LUI ?
C'EST À TOI QUE JE L'AI PROMIS EN PREMIER.
JE SUIS UN HOMME DE PAROLE, MOI.
PFFT !
HA HA !
COMMENT TU VAS ? TU MANGES CORRECTEMENT ?
JE MANGE, JE DORS, JE TRAVAILLE.
ARRÊTE DE T'INQUIÉTER POUR RIEN.

JE SUIS DÉSOLÉ POUR KÔSEI...
SI JE T'EN AVAIS PARLÉ PLUS TÔT,
PEUT-ÊTRE QU'ON NE SE SERAIT PAS RETROUVÉS DANS CETTE SITUATION.
NE T'EXCUSE PAS.
TOUT EST DE MA FAUTE, APRÈS TOUT...
QUAND J'AI PRIS CONSCIENCE DE TES SENTI-MENTS...
JE ME SUIS DIT QU'IL FAUDRAIT QUE JE T'EN PARLE UN JOUR.
MÊME SI JE TE L'AVAIS CACHÉ, SI ON AVAIT CONTINUÉ À VIVRE ENSEMBLE, TU AURAIS FINI PAR LE DÉCOUVRIR...
MAIS TU T'ES PRATIQUE-MENT JETÉ SUR MOI, ET J'AVAIS UN MAL FOU À RÉFLÉCHIR...
Jeté sur toi...
DÉSOLÉ, J'AI VRAIMENT ABUSÉ, POUR ÇA.
NON... JE TROUVAIS ÇA MIGNON,
POUR ÊTRE HONNÊTE.

JE SAVAIS QUE SI TU APPRENAIS QUE KÔSEI ÉTAIT MON FRÈRE, CE SERAIT DIFFICILE POUR TOI DE RESTER À MES CÔTÉS...
J'AI MÊME ENVISAGÉ DE QUITTER L'APPARTEMENT SANS RIEN TE DIRE.
MAIS L'IDÉE NE ME PLAISAIT PAS, PARCE QUE... J'AVAIS BEAUCOUP À PERDRE.
TOUS CES MOMENTS PASSÉS ENSEMBLE, À RIRE ET À DISCUTER DE TOUT ET DE RIEN...
JE NE VEUX PAS QU'ILS SE TERMINENT.
JE PARLERAI DE TOI À KÔSEI, MASATO...
ALORS, S'IL TE PLAÎT...

Maintenant que j'ai parlé avec Asahi...
J'ai l'impression de savoir ce que je dois faire.
Tu es vraiment trop gentil...
SI TU IGNORES LES MISES EN GARDE DE KÔSEI ET QUE TU RESTES AVEC MOI, IL S'INQUIÉTERA À TON SUJET.
IL EST FOU DE SON GRAND FRÈRE.
TU SAIS, ASAHI...
ET TOI, EN VOYANT ÇA, TU TE SENTIRAS COUPABLE...
TU SERAS PRIS ENTRE DEUX FEUX.
ET MOI, JE NE SUIS PAS CRUEL AU POINT DE PRENDRE DU PLAISIR...
À TE VOIR TIRAILLÉ ENTRE NOUS DEUX.
SI ON SE LANCE LÀ-DEDANS...
PERSONNE NE SERA HEUREUX.

PER-
SONNE,
HEIN...?
D'ACCORD...

… À PLUS, ASAHI.
OUI.
JE RENDRAI LA CLÉ DIRECTEMENT À NARU.
MASATO…
TU SERAS CAPABLE DE LAISSER CETTE HISTOIRE DERRIÈRE TOI, CETTE FOIS ?
HA HA…
JE NE REGRETTE PAS LE MOINS DU MONDE D'ÊTRE TOMBÉ AMOUREUX DE TOI.
NE T'INQUIÈTE PAS POUR MOI.

JE NE PLEURERAI PAS.
LAISSE-MOI JUSTE...
CONTINUER À T'AIMER EN SILENCE.

C'EST PAS COMME ÇA QUE TU Y METTRAS FIN, ALORS !

NHH...
GRIP
POC...
ASAHI...
HAA...
は
ATT...
NNH...
GRIP
BISOU
チュ
BISOU
BISOU

BLAM
BISOU
BISOU...
HAA...
NE PARS PAS...

AH...
FLOUP
HH...
NNNH...
BISOU
BISOU
CLAC
CLAC
GLING
AH !

POUSSE
MASATO !
TCHAC
AH,
MASATO-KUN...
ROULE
ROULE

NII-SAN...
ON EST REVENUS TROP TÔT ?

SCHLACK

Nii-san...
Pourquoi vous êtes pas rentrés 2h plus tard ?
T'as l'air déçu, dis donc.

TAKE1

CLING
カラララ…
Episode 9
LOVENEST
Désolé...
Je vais dans ma chambre.
J'ai besoin d'être seul.
AH LÀ LÀ...
SI ON ÉTAIT ARRIVÉS PLUS TARD, ON AURAIT PU TOMBER SUR UN SPECTACLE INTÉRESSANT.
... NARU-SAN !!
HAA...
IL EST BON, CE THÉ GLACÉ.

Nii-san m'a menti quand il a dit qu'il avait un truc urgent au boulot...
TU LE SAVAIS, NARU-SAN, PAS VRAI ?
QU'IL VENAIT POUR LE VOIR.
OUI.
AU DÉBUT...
QUAND TU AS DIT QUE TU AVAIS PROPOSÉ À MASATO-KUN DE S'INSTALLER ICI... J'AI PENSÉ QUE C'ÉTAIT UNE DE TES LUBIES, JE N'AI PAS CHERCHÉ PLUS LOIN.
C'EST UNE DE TES MAUVAISES HABITU-DES...
ET JE SAVAIS QUE TU ÉTAIS PROCHE DE LUI DEPUIS LONGTEMPS.
MAIS EST-CE QUE TU N'AURAIS PAS TOUT PRÉVU, EN FAIT ?!
TU SAVAIS CE QUI SE PASSERAIT, ET C'EST POUR ÇA QUE TU L'AS POUSSÉ À VIVRE AVEC MON FRÈRE ?!
HAA...
NE DIS PAS DE BÊTISES.
JE NE SUIS PAS DIEU.
POC

JE VAIS TE LE DIRE FRANCHEMENT, MAIS...
EN LES FAISANT HABITER ENSEMBLE, JE PENSAIS QUE LES PROBABILITÉS QU'ASAHI TOMBE AMOUREUX ÉTAIENT PROCHES DE ZÉRO.
ÉCOUTE, KÔ-KUN...
C'EST VRAI QUE C'EST GRÂCE À MOI QU'ILS SE SONT RENCONTRÉS,
MAIS CELUI QUI A RÉUSSI À DÉGELER LE CŒUR D'ASAHI, FIGÉ DEPUIS DES ANNÉES...
C'EST MASATO.
TU ES EN TRAIN DE DIRE QUE J'AI EU TORT DE FAIRE CE QUE J'AI FAIT ?
JE NE SAIS PAS.
ON NE PEUT PAS JUSTE SE BASER SUR LE RÉSULTAT POUR SAVOIR SI C'ÉTAIT UNE ERREUR OU PAS.

MAIS J'AI ENVIE DE DIRE C'EST DÉJÀ UNE ERREUR DE PENSER QUE TU AS LE DROIT DE TOUT FAIRE,
SOUS PRÉ-TEXTE QUE TU LE FAIS PARCE QUE TU TIENS À LA PERSONNE...
CE QU'ILS ONT VÉCU, TOUS LES DEUX, DANS CET APPARTEMENT.
TOI ET MOI, ON NE SAIT PAS...

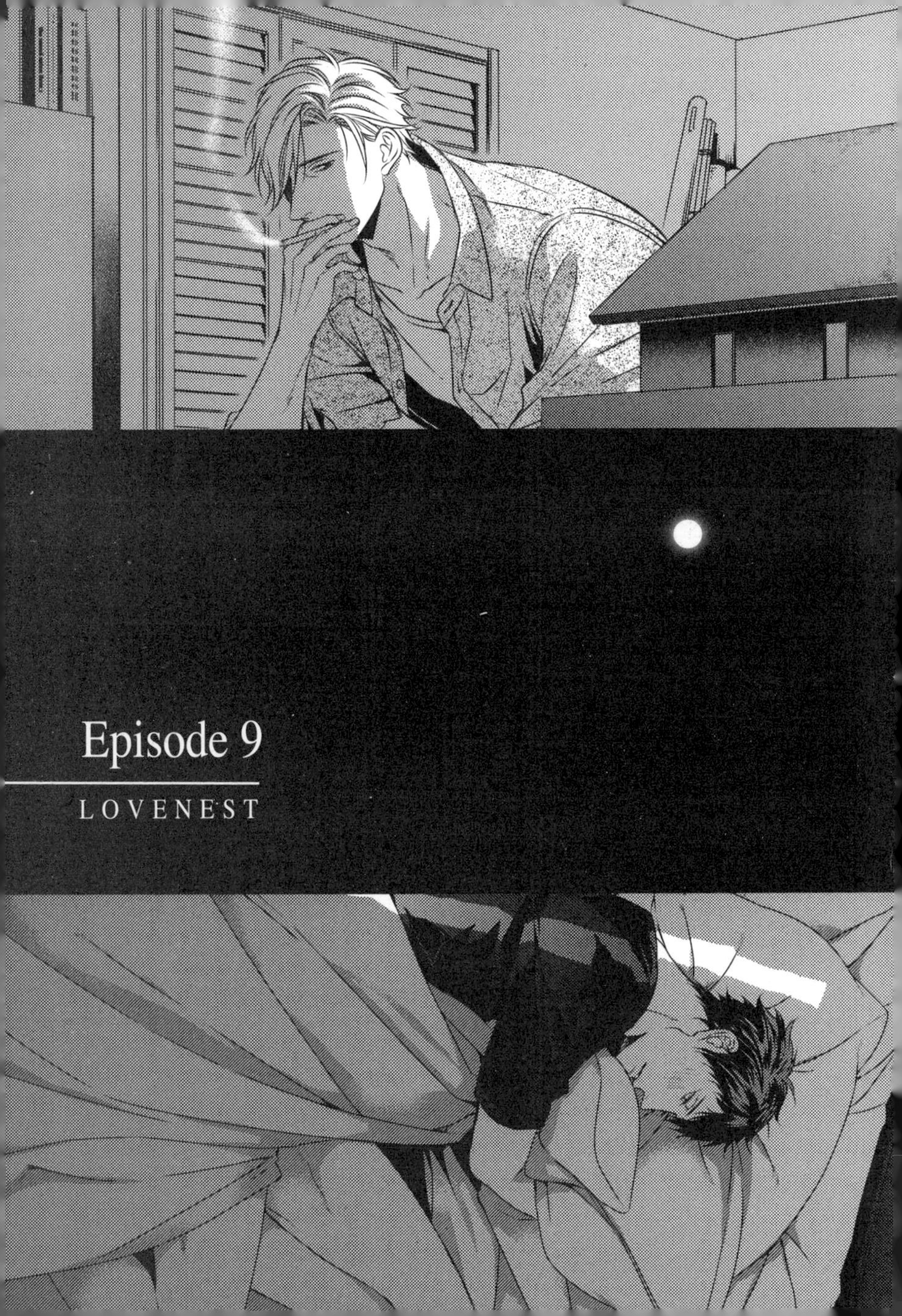
Episode 9
LOVENEST

BONNE SOIRÉE !
SALUT.
Asahi
HAA...
DING ! ♪
BOBOM
IKU
cou !
Cou
PFF, C'EST JUSTE IKU...
T'es libre ce soir ?
Je serai près de ton boulot, on peut en profiter pour se voir
18:23
ET ITÔ-KUN, ALORS ?
ILS SE SONT DISPUTÉS ?
PFF... J'AI PAS ENVIE DE DISCUTER ET DE PLAISANTER CE SOIR...
DOMMAGE, MAIS BON.
CRIIIC

CLAC !
OUAAAAH ! ITÔ-KUN !
Arrêtez de crier.
TU M'AS FICHU LA TROUILLE ! DEPUIS QUAND T'ES LÀ ?!
DEPUIS QUE VOUS AVEZ COMMENCÉ À REGARDER VOTRE TÉLÉPHONE.
VOUS AVEZ REÇU UN MESSAGE DE SEMPAI, NON ?
Et voilà...
T'ES GONFLÉ DE TE METTRE EN COLÈRE QUAND JE REGARDE TON PORTABLE ALORS QUE TU M'ESPIONNES AUSSI.
JE NE VOUS ESPIONNE PAS. JE NE SUIS PAS COMME VOUS, MOI.
WHAM
MAIS SEMPAI VOULAIT **ABSOLUMENT** VOUS INVITER, ALORS J'AI FINI PAR **CÉDER** ET ACCEPTÉ DE VENIR VOUS EN PARLER.
EUH...
IL T'A BIEN FORCÉ LA MAIN, ON DIRAIT...
Quel dommage...
J'ADORE MON PETIT IKU, HEIN, MAIS J'AI DU TRAVAIL...
NON, J'AI VÉRIFIÉ SUR LA BASE DE DONNÉES, VOUS AVEZ TERMINÉ POUR AUJOURD'HUI.
SI VOUS INVENTEZ DES HEURES SUPPLÉMENTAIRES JUSTE POUR REFUSER L'INVITATION DE SEMPAI, ÇA VA MAL SE PASSER.
Toujours aussi sévère, lui...
ALLEZ !
DÉPÊCHEZ-VOUS DE VENIR.
...
QUOI ?!
HÉ ! ATTENDS !
Doucement !!

CLANG !
TU ES TROP DOUÉ, SEMPAI !
ALLEZ, À TOI, HOZUMI-SAN.
......
OUAIS !! SPARE !!
OK, OK.
WHAM !
CLANG !
INCROYABLE ! TON TROISIÈME STRIKE D'AFFILÉE ! T'AS PAS PERDU LE COUP DE MAIN, DEPUIS LA FAC.
NAN, J'ÉTAIS QUAND MÊME MEILLEUR À CETTE ÉPOQUE.
GH...

CLONG
ROULE
AH ! RATÉ, YÔSUKE !
ARGH !!
GOUT
À TE VOIR BOUGER, ITÔ-KUN, ON CROIRAIT PAS QUE T'AS FAIT DU BASEBALL AVANT.
C'est mi-gnon.
J'ARRIVE PAS À M'HABITUER AU POIDS DE LA BOULE, C'EST TOUT !
LA FERME !
HA HA HA !
PEUT-ÊTRE PARCE QUE TU TOURNES TA MAIN BIZARREMENT QUAND TU LANCES.
IL FAUT FAIRE COMME ÇA...
ÇA FAISAIT DES ANNÉES QUE J'AVAIS PLUS JOUÉ AU BOWLING...
QUAND J'Y PENSE, JE N'AI JAMAIS VU ASAHI PRATIQUER UN SPORT.
IL A PAS L'AIR TRÈS ACTIF.
HI HI...

ITÔ-KUN, TON PORTABLE SONNE.
DRIIIIING
AH, OUI.
C'EST LE BOULOT, JE REVIENS.
OK.
ALORS ON FAIT UNE PETITE PAUSE !
AH
J'aurais voulu être comme eux...
Capable de dire fièrement à mon partenaire que je l'aime...
Et pouvoir rire à ses côtés...
IKU, TU VIENS SOUVENT ICI ?
OUI,
DE TEMPS EN TEMPS.
QUAND J'AI DES PROBLÈMES AU BOULOT OU QUE JE ME SENS DÉPRIMÉ, J'AI ENVIE DE FAIRE UNE ACTIVITÉ PHYSIQUE, EN GÉNÉRAL.
L'été, je vais au batting center.
AVANT, HOZUMI-SAN, C'ÉTAIT TOI QUI M'EMMENAIS ICI, TU TE SOUVIENS ?
QUAND JE ME FAISAIS JETER ET QUE J'ÉTAIS TRISTE.
C'EST VRAI QUE T'AS DES MUSCLES À LA PLACE DU CERVEAU, TOI...
HA HA !
HÉ, C'EST PAS GENTIL, ÇA !
AH BON ? JE ME SOUVIENS PAS...

YÔSUKE S'INQUIÉTAIT POUR TOI... IL DISAIT QUE TU N'ÉTAIS PAS EN FORME.
AH... JE VOIS...
ALORS TU VOULAIS ME RÉCONFORTER ?
JE NE SAIS PAS SI ÇA T'AIDERA VRAIMENT...
MAIS JE ME DISAIS, SI ÇA PEUT TE FAIRE OUBLIER TES SOUCIS TEMPORAIRE-MENT...
GRIP
ALORS J'AI DEMANDÉ À YÔSUKE...
HA !
ALORS VOUS ÊTES TELLEMENT HEUREUX À DEUX QUE VOUS VOULEZ ABSOLUMENT PARTAGER VOTRE BONHEUR AVEC MOI, C'EST ÇA ?
MERCI, MAIS J'EN AI PAS BESOIN.
SI TU TIENS TELLEMENT À ME RÉCONFORTER, T'AS QU'À COUCHER AVEC MOI !

MAIS...
QUAND JE VOUS REGARDE, POUR ÊTRE HONNÊTE... C'EST VRAIMENT DUR À SUPPORTER.
JE COMPARE AVEC MA SITUATION, ÇA ME REND JALOUX...
C'EST TELLEMENT FRUSTRANT...
DÉSOLÉ...
J'AI PARLÉ SANS RÉFLÉCHIR.
.....
PARDON... OUBLIE CE QUE J'AI DIT.

[*L'inverse de Sempai, le cadet dans une relation de travail, ou à l'école]

PARCE QUE J'AI FAIT DU MAL À SON PRÉCIEUX PETIT FRÈRE.
ET ÇA LUI PRENAIT LA TÊTE DEPUIS UN MOMENT.
SON FRÈRE NE VEUT MÊME PAS ACCEPTER MES EXCUSES.
PEU IMPORTE À QUEL POINT ON S'AIME, C'EST QUELQUE CHOSE QU'ON NE PEUT PAS FAIRE SEMBLANT D'IGNORER.
Crétin...
T'AS UNE PETITE SŒUR, IKU.
QU'EST-CE QUE TU FERAIS, TOI,
SI QUELQU'UN À QUI TU NE PEUX PAS FAIRE CONFIANCE S'APPROCHAIT D'ELLE ?
HUMMM...
JE N'ACCEPTERAIS PAS, C'EST SÛR.
JE LE FRAPPERAIS PEUT-ÊTRE.
HA HA
EXACTEMENT...
MAIS, CELUI QUE TU AIMES...
QU'EST-CE QU'IL PENSE DE TOI, MAINTENANT ?
IL EST TOUJOURS FÂCHÉ QUE TU AIES FAIT DU MAL À SON FRÈRE ?
NON, IL N'EST PAS FÂCHÉ...
AU CONTRAIRE, MÊME.

Je voulais vraiment te voir...
IL A DIT...
QU'IL VOULAIT QU'ON RESTE ENSEMBLE...
AH BON...
VOTRE AMOUR EST RÉCIPROQUE, ALORS.
Non !
C'EST JUSTE QU'IL EST TROP GENTIL.
ALORS QUE JE NE FAIS QUE LUI CAUSER DES PROBLÈMES.
MAIS MALGRÉ CE QUI EST ARRIVÉ À SON FRÈRE,
IL T'A QUAND MÊME CHOISI, PAS VRAI ?

BEN...
POURQUOI ASAHI A CHOISI DE RESTER À MES CÔTÉS ?
POURTANT, IL SAIT CE QUE RESSENT KÔSEI...
Il a bien dû se dire...
Que leur relation en prendrait un coup s'ils se disputaient à ce sujet...
« Tous ces moments passés ensemble... Je ne veux pas qu'ils se terminent. »

« Je parlerai
de toi à Kôsei,
Masato... »
Asahi
voulait
tellement
rester
avec moi
qu'il s'était
même
préparé
à ça...?
« Alors,
s'il te plaît... »

TOUT À L'HEURE, QUAND TU M'AS POSÉ LA QUESTION, J'AI DIT QUE SI J'ÉTAIS DANS LA MÊME SITUATION, JE FRAPPERAIS PROBABLEMENT LE TYPE...
MAIS SI JAMAIS...
MA SŒUR NANA AIME DE TOUT SON CŒUR LA PERSONNE...
SI ELLE VENAIT À S'ÉLOIGNER DE MOI À CAUSE DE ÇA, JE LE REGRETTERAIS PROBABLEMENT.
JE NE POURRAIS PAS LA REGARDER DÉPRIMER ET NE RIEN FAIRE SOUS PRÉTEXTE QUE C'ÉTAIT POUR SON BIEN.
RIEN QUE D'Y PENSER, ÇA ME TORD LE CŒUR.
QUAND ON AIME QUELQU'UN, ON VEUT QU'IL SOIT HEUREUX.
C'EST LA CHOSE LA PLUS IMPORTANTE QU'ON PUISSE SOUHAITER.

ARRÊTE DE LA RAMENER, IKU.
HEIN ?! QUOI ?!
DIRE QUE C'EST À TON TOUR DE ME FAIRE DES SERMONS, MAINTE-NANT...
AAAAH...
C'EST PAS DU TOUT UN SERMON !!
!
HOZUMI-SAN...
TU DISAIS QUE TU ÉTAIS JALOUX DE NOUS, TOUT À L'HEURE...
MAIS JE CROIS QUE TU N'AS PAS DE RAISONS DE L'ÊTRE.
MH ?

POUR QU'IL TE LAISSE UN SUÇON DANS UN ENDROIT AUSSI VISIBLE...
TIRE
C'EST QU'IL DOIT ÊTRE DRÔLEMENT POSSESSIF ENVERS TOI, NON ?
Comme moi.
!?
PAF
C'était à ce moment-là ?!
Hé,
IL EST COMMENT, ALORS, LE TYPE QUE T'AIMES ?
La ferme !
COMPLÈTEMENT DIFFÉRENT DE TOI !
OOOH...

Allons bon...
« Asahi ne m'aimera probablement jamais. »
À cause de ce qui s'est passé avec Kazuomi, j'avais abandonné tout espoir dès le début...
Et j'étais persuadé qu'Asahi ne restait avec moi que parce qu'il était trop gentil.
Je n'ai même pas essayé de le comprendre.

Si j'essayais de lui en parler, il ne comprendrait probablement pas...

Je ne sais même pas comment je pourrais lui expliquer.

Mais...

IL FAUT QUE JE SACHE S'IL EST PRÊT À ME PARDONNER...
JE VEUX ARRÊTER DE FUIR.
89%
4G
21:48
編集
Asahi
Ne serait-ce que pour pouvoir rester avec Asahi.
DRIIIING...

BIP
Allô ?
BOBOM
AH...
EUH...
Masato ?
OUI...
HAAA...
HÉ, ASAHI...
TU SAIS JOUER AU BOWLING ?
Pardon ?
Ben… J'en ai pas fait depuis longtemps…

C'EST VRAI QUE TU NE M'AS PAS L'AIR DE QUELQU'UN DE TRÈS ATHLÉTIQUE...
HI HI HI...
Hé, arrête de te moquer !
Je suis à un niveau normal, c'est tout.
AH OUI ?
JE SUIS ALLÉ FAIRE UN BOWLING, CE SOIR, ÇA FAISAIT LONGTEMPS.
FAUDRAIT QU'ON SE FASSE UNE PARTIE, UN DE CES JOURS.
Oui, un de ces jours…
Au fait,
MON SCORE MOYEN EST DE 200.
Tu commenceras avec un handicap, alors…
HA HA HA
SI ON SE FAIT UNE PARTIE, IL FAUDRA QU'ON PARIE QUELQUE CHOSE.
T'OUBLIERAS PAS, HEIN ?
Masato…

Où est-ce que tu es, là ?
OÙ EST-CE QUE JE SUIS...?
JE NE SAIS PAS TROP MOI-MÊME.
MAIS JE...
JE TE DEMANDE PARDON...
GRIP...

ASAHI...
JE VEUX RENTRER À LA MAISON...

IDIOT...
DÉPÊCHE-TOI DE REVENIR.
OUI...
JE VAIS REVENIR...

BIP
NII-SAN, LA SALLE DE BAIN EST LIBRE.
D'AC-CORD.
QU'EST-CE QUE TU FAIS...?
AH,
JE PENSAIS DÉMÉNAGER D'ICI, ALORS... JE COM-MENCE À FAIRE QUELQUES CARTONS.
HEIN ?
ÇA FAIT UN MOMENT QUE J'Y PENSE...
ÇA FAIT TROIS ANS QUE JE VIS ICI.
JE NE PEUX PAS CONTINUER À DÉPENDRE DE NARU POUR LE RESTE DE MA VIE.
OK, MAIS POURQUOI TU FAIS LES CARTONS EN PLEINE NUIT ?
T'AS PAS BESOIN DE TE DÉPÊ-CHER, SI ?
CRIIC
BEN... JE ME SENS UN PEU NERVEUX...
IL FAUT QUE JE FASSE QUELQUE CHOSE POUR ME DÉSTRES-SER.
... C'EST À CAUSE DE CETTE HISTOIRE AVEC MASATO-KUN ?

KÔSEI...
ASSIEDS-TOI À CÔTÉ DE MOI.
CRIIIC
TU SAIS QUE JE T'ADORE,
ET J'AI TOUJOURS FAIT DE MON MIEUX POUR T'ÉLEVER SEUL À LA PLACE DE NOTRE PÈRE,
QUI PASSAIT SES JOUR-NÉES À BOIRE ET À NE RIEN FAIRE.
JE SAIS...
TU AS FAIT TANT DE CHOSES POUR NOTRE FAMILLE...
EN FAIT, TU AS SUR-TOUT FAIT ÉNORMÉMENT DE CHOSES POUR MOI.

HA HA
TU ME CAUSAIS TELLEMENT DE SOUCIS QUAND TU ÉTAIS PETIT ET QUE TU AVAIS UNE SANTÉ FRAGILE.
POF
PUIS TU ES PARTI AUX ÉTATS-UNIS,
MON EX-FEMME ET MOI AVONS DIVORCÉ...
ET JE ME SENTAIS VIDE, AU FOND DE MOI.
QUAND TOI ET NARU, VOUS VOUS INQUIÉTIEZ POUR MOI, C'ÉTAIT COMME SI VOUS PARLIEZ DE QUELQU'UN D'AUTRE.
CELUI QUI A RÉUSSI À COMBLER CE VIDE...
CELUI QUI M'A DONNÉ ENVIE DE VIVRE AVEC QUELQU'UN À NOUVEAU,
C'EST MASATO.
ALORS...
C'EST POUR ÇA QUE C'EST LUI QUE TU VEUX, ET PERSONNE D'AUTRE ?

MASATO…
MÊME QUAND IL EST SEUL, IL EST INCAPABLE DE PLEURER…
MALGRÉ SON ÂGE,
IL ME CAUSE ENCORE PLUS DE SOUCIS QUE TOI ENFANT.

NII-SAN...
DÉSOLÉ...
SI TU ME DIS QUE TU ES INCAPABLE DE LE PARDONNER, JE COMPRENDRAI.
MAIS...
JE NE PEUX PAS M'EMPÊCHER DE L'IMAGINER...
À MES CÔTÉS, EN TRAIN DE RIRE,
DANS UNE MAISON QUE J'AURAIS CONSTRUITE...

VROOOM
ブロ
VROOOM
ブロロ…
ポツ
PLIC

Episode 10

LOVENEST

DING DOOOONG
ピンポーン
CLAC
ガチャ
AH, MASATO !
!
BIENVENUE !
TU ES LÀ, NARU...
OUI !
JE VIENS JUSTE D'ARRIVER. ASAHI ET KÔ-KUN SONT TOUS LES DEUX ABSENTS.
C'EST EUX QUI M'ONT DEMANDÉ DE VENIR, ET ILS NE SONT MÊME PAS LÀ !
Il commence à pleuvoir, non ?
ENFIN BREF, JE PENSE QU'ILS VONT BIENTÔT RENTRER. ON N'A QU'À LES ATTENDRE À L'INTÉRIEUR.
AH, OK...
CLAC
バタン
ASAHI M'A DIT QU'IL ALLAIT DÉMÉNAGER,
ALORS JE DOIS FAIRE CERTAINES VÉRIFICATIONS, EN TANT QUE PROPRIÉTAIRE.
Regarder si l'appartement n'a pas subi de dégâts...
HEIN ? IL DÉMÉNAGE ? OÙ ÇA ?

APPAREMMENT, IL VA SQUATTER DANS SON BUREAU POUR L'INSTANT.
KÔ-KUN L'A AIDÉ À RANGER TOUTE LA MATINÉE.
MAIS VU QU'IL UTILISE SON BUREAU COMME DÉBARRAS, ÇA RISQUE DE PRENDRE UN MOMENT.
SON BUREAU...
Ah bon... Asahi va partir...
AU FAIT, MASATO, TU AS LA CLÉ DE L'APPARTEMENT, NON ?
MAIS TU AS PRÉFÉRÉ SONNER À LA PORTE...
POURQUOI ?
PARCE QUE CE N'EST PLUS CHEZ MOI...
JE NE VIS PLUS ICI, MAINTENANT.
MERCI POUR TOUT, NARU.
POURQUOI TU ES LÀ, ALORS ?
JE SUIS VENU VOIR KÔSEI...
ET PROFITER QU'IL SOIT ENCORE AU JAPON POUR LUI PARLER.

HMM...
TU AURAS DE LA CHANCE S'IL T'ÉCOUTE.
EN VRAI, J'AI PEUR... IL RISQUE DE ME RE-JETER UNE NOUVELLE FOIS.
MAIS SI JE NE FAIS RIEN, JE NE POURRAI PAS TOURNER LA PAGE.
IL FAUT QUE JE FASSE TOUT CE QUE JE SUIS CAPABLE DE FAIRE.
JE VOIS...
Il en est arrivé là tout seul...
DILING
Ah !
ASAHI ET KÔSEI SONT SUR LE CHEMIN DU RETOUR.
DIS-MOI, ÇA T'EMBÊTE SI JE FUME ?
NON, VAS-Y.

SHHHHH...
CLAC
ILS NE SERONT PAS LÀ AVANT UN MOMENT.
EST-CE QUE TU VEUX BIEN QUE JE TE RACONTE UNE PETITE HISTOIRE ?
HEIN...?
À PROPOS DE TOI ET ASAHI ?
ÇA T'INTÉRESSE ?
HI HI
MASATO, ASAHI T'A DÉJÀ RACONTÉ POURQUOI IL A CHOISI DE FAIRE CE MÉTIER ?
UN PEU...
IL PENSAIT DEVENIR CHARPENTIER, MAIS TU LUI AS DIT QUE DESSINER DES MAISONS, C'ÉTAIT PLUTÔT UN TRAVAIL D'ARCHITECTE.
C'EST ÇA.
LA PREMIÈRE FOIS QUE JE SUIS ALLÉ CHEZ LUI, J'AI VU DES CROQUIS DE PLANS PARTOUT.
On devait être en première au lycée...
Un bain chaud sur le toit !
Entrée
Coffre aux trésors de Kôsei
AVEC KÔ-KUN, QUI ÉTAIT ENCORE ENFANT, ILS ADORAIENT PARLER DE QUEL GENRE DE MAISON IL LEUR CONSTRUIRAIT.
IL DISAIT VOULOIR CONSTRUIRE UNE MAISON OÙ TOUT LE MONDE SERAIT HEUREUX.
IL AVAIT LES YEUX QUI BRILLAIENT QUAND IL DISAIT ÇA.
Les yeux qui brillaient ?
LE CONNAISSANT MAINTENANT, J'AI DU MAL À L'IMAGINER.
PARCE QU'À L'ÉPOQUE, C'ÉTAIT ENCORE UN GARÇON INNOCENT QUI NE TOUCHAIT PAS AUX CIGARETTES, À L'ALCOOL ET AUX FEMMES...

CETTE MAQUETTE EST REMPLIE DE SES RÊVES D'ADOLESCENT.
C'EST LA PREMIÈRE QU'IL A CONSTRUITE APRÈS AVOIR CHERCHÉ COMMENT FAIRE.
Je me disais que si je parvenais à construire une maison comme ça, j'aurais tout ce que je voudrais dans la vie.
Cette maquette, c'est le symbole de toutes mes illusions stupides.
Ah...
ALORS QU'IL ÉTAIT DANS UNE SITUATION COMPLIQUÉE, À ÊTRE OBLIGÉ DE PRENDRE SOIN DE SA FAMILLE,
IL A TRAVAILLÉ TRÈS DUR POUR RÉALISER SES RÊVES.
MAIS JE L'AI IMPLIQUÉ DANS UN INCIDENT QUI LUI A MIS DES BÂTONS DANS LES ROUES AU MOMENT LE PLUS IMPORTANT.
UN INCIDENT ? AVEC VOUS DEUX ?
SHHHHH...
JE ME SUIS FAIT KIDNAPPER,
UN JOUR.
HEIN...?
MON HISTOIRE FAMILIALE EST UN PEU COMPLIQUÉE.
MES PARENTS ONT DE L'ARGENT ET DU POUVOIR, ET PAR CONSÉQUENT, ILS ONT AUSSI BEAUCOUP D'ENNEMIS...

Hé ! C'est le fils illégitime, lui !
Fallait capturer son frère !
Merde ! On s'est trompés ?!
TSS...
On pourra jamais demander de rançon pour lui !
... On fait quoi, on le tue ?
LES KID-NAPPEURS M'ONT ENLEVÉ À LA PLACE DE MON DEMI-FRÈRE.
POUR ÊTRE HONNÊTE, J'ÉTAIS CERTAIN QUE J'ALLAIS MOURIR À CE MOMENT-LÀ, MAIS...
«Eh !»
«Eh !»
«Dès que t'as une ouverture, enfuis-toi, Naru !»
ASAHI LES AVAIT VUS ME KIDNAPPER ET IL NOUS AVAIT SUIVIS EN SCOOTER.
AH...

ÇA RESSEMBLE À UN SCÉNARIO DE SÉRIE TÉLÉ...
Heureusement que vous vous en êtes sortis.
C'EST SURTOUT QU'IL ÉTAIT COMPLÈTEMENT INCONSCIENT. PLONGER DANS LE DANGER LA TÊTE LA PREMIÈRE, COMME ÇA...
EN PLUS DE ÇA,
Ce jour-là, c'était son examen d'entrée à l'université.
T'as laissé tomber un examen important pour pouvoir jouer les héros ?!
T'es taré ou quoi ?
Crétin.
Si j'avais fait semblant de ne rien voir et que j'avais appris ensuite que t'étais mort,
j'en aurais fait de sacrés cauchemars.
Mais tu es en vie, c'est le plus important !
J'ÉTAIS TELLEMENT SURPRIS QUE JE N'AI RIEN PU RÉPONDRE.

IL S'EST PASSÉ LA MÊME CHOSE PENDANT SON DIVORCE. ELLE N'A EU QU'À VERSER UNE LARME...
ET IL LUI A SOUHAITÉ SINCÈREMENT DE TROUVER LE BONHEUR, ALORS QUE C'ÉTAIT ELLE QUI L'AVAIT TRAHI.
IL EST COMME ÇA, C'EST TOUT.
C'EST LE SEUL ABRUTI DE MA CONNAISSANCE QUI FAIT TOUJOURS PASSER LES AUTRES AVANT LUI...
ET QUI N'ATTEND JAMAIS RIEN EN RETOUR.
SHHHHH...
«En fait, quand j'y repense, je regrette surtout de ne pas avoir réussi à la rendre heureuse.»
«Quand elle est tombée enceinte, il n'y avait plus grand-chose d'autre à faire.»
MAIS...
SI ASAHI A FAIT ÇA...
C'ÉTAIT PARCE QU'IL TENAIT À TOI ET À SON EX-FEMME, NON ?

Il endure toujours la douleur, afin de protéger ceux qu'il aime...
Mais qui va panser ses blessures à lui ?
Même quand ça n'allait pas...
Il était toujours tout seul...
Il y a comme un trou au milieu de ma poitrine. Parfois, j'ai l'impression d'entendre le vent qui passe à travers.
C'est... désagréable.

NARU, TU NE VOIS ASAHI QUE COMME UN AMI ?
TU L'AIMES TELLEMENT, POURTANT...
ON PEUT AIMER QUELQU'UN SANS ÊTRE POUR AUTANT AMOUREUX DE LUI.
SUR CE PLAN-LÀ,
JE NE POURRAIS PAS LUI DONNER CE QU'IL DÉSIRE LE PLUS.
MAIS TOI, TU EN ES CAPABLE.
Ce qu'Asahi...
désire le plus...
SHHHH...
TCHAC
TU SAIS, MASATO...
CE QUI M'ÉNERVE...
GRIP

TIRE
C'EST QUE JE VEUX QU'ASAHI SOIT HEU-REUX LE PLUS RAPIDEMENT POSSIBLE.
PARCE QUE SINON, JE N'AURAI PAS L'IMPRESSION D'AVOIR REMBOURSÉ MA DETTE.
NARU...?
BAM
ET TOUT CE QUI SE MET EN TRAVERS DE SON CHEMIN VERS LE BONHEUR,
J'AI ENVIE DE LE DÉTRUIRE.
UN PEU COMME CETTE MAQUETTE...
HEIN ...?!
MAIS TU DISAIS QUE C'ÉTAIT UN SOUTIEN MORAL POUR LUI...
OUI, IL Y A LONG-TEMPS.
ÇA A SERVI DE MODÈLE À LA MAISON QU'IL A CONSTRUITE POUR LUI ET SA FEMME.
IL Y AVAIT MIS TOUS SES RÊVES, MAIS FINALEMENT, PERSONNE N'Y A ÉTÉ HEUREUX.
IL S'EST RETROUVÉ BLOQUÉ PAR LES ERREURS DU PASSÉ ET A PERDU CONFIANCE EN LUI.
MAINTENANT, CE N'EST RIEN D'AUTRE QU'UN BOU-LET À SES PIEDS.

MIEUX VAUT QUE CE TRUC SOIT DÉTRUIT !
!?
ATTENDS !
ARRÊTE, NARU !!
GRIP
POURQUOI TU M'EN EMPÊCHES ?
MÊME SI ÇA NE LUI RAPPELLE QUE DES MAUVAIS SOUVENIRS.
ASAHI GARDE CETTE MAQUETTE DANS SA CHAMBRE, ET CONTINUE À LA REGARDER...
ALORS...
C'EST PAS LE PROBLÈME ! CETTE MAQUETTE EST TRÈS IMPORTANTE POUR ASAHI !

SI TU LA DÉTRUIS, ASAHI NE SE METTRA SANS DOUTE PAS EN COLÈRE...
IL FERA PASSER TES SENTIMENTS AVANT LES SIENS, NARU.
PARCE QUE C'EST SA PERSONNALITÉ !
MAIS MOI...
QUE CE SOIT CETTE MAQUETTE...
OU SES LIENS AVEC SA FAMILLE...
TOUT CE QU'IL A D'IMPORTANT DANS SA VIE...
JE FERAI TOUT CE QUE JE PEUX POUR LES PROTÉGER !

ÇA SUFFIT, MASATO.
ASA...
DONNE-MOI ÇA, NARU.

CRAC !
TCHAC
ASAHI !
NARU A RAISON.
CE TRUC N'EST QU'UNE ILLUSION DU PASSÉ.
CRAC
CRAC
T'AS VRAIMENT PAS DE CŒUR, ASAHI.
MASATO VOULAIT AB-SOLUMENT LA PROTÉGER...
CRAC
CRAC
IL PROTÈGE DÉJÀ QUELQUE CHOSE DE BIEN PLUS IMPORTANT.

AH LÀ LÀ...
J'ESPÈRE QUE TU ES DE RETOUR POUR DE BON, CETTE FOIS...
.....

ASAHI...
HAA...
VOUS COMPTEZ RESTER COMME ÇA LONG-TEMPS ?
SURSAUTE
SE JETER SUR UN MEC DEVANT SON PETIT FRÈRE...
T'AS VRAIMENT UN SACRÉ CULOT, MASATO-KUN.
KÔSEI...

JE SUIS DÉSOLÉ...
JE REGRETTE PROFONDÉMENT CE QUE JE T'AI FAIT À L'ÉPOQUE...
C'est bon...
JE T'AI DIT QUE C'ÉTAIT PAS LA PEINE DE T'EXCUSER.
JE N'OUBLIERAI JAMAIS...
TOUT LE MAL QUE JE T'AI FAIT, À TOI ET À DE NOMBREUSES AUTRES PERSONNES.
QUOI QU'IL ARRIVE MAINTENANT,
JE N'ESSAIERAI PLUS DE FAIRE COMME SI ÇA N'AVAIT JAMAIS EU LIEU.
ET ALORS ? POURQUOI JE DEVRAIS TE DONNER LA PERMISSION DE SORTIR AVEC MON FRÈRE ?
JE NE M'ATTENDS PAS À CE QUE TU ME LA DONNES.
MAIS...
JE N'AI PLUS L'INTENTION DE M'ÉLOIGNER DE LUI.
JE SUIS CONTENT QU'ASAHI M'AIT CHOISI, ET JE PENSE QU'ON SERA TRÈS HEUREUX À DEUX...
ALORS... DONNE-MOI JUSTE UNE CHANCE DE TE CONVAINCRE.

JE T'EN SUPPLIE.
MASATO...
.....
IL A L'AIR DÉSESPÉRÉ...
JE SUIS ASSEZ SÉVÈRE...
CONCERNANT LES GENS QUI SORTENT AVEC MON FRÈRE.

TU DEVRAS T'ASSURER QU'IL AILLE BIEN FAIRE SON BILAN MÉDICAL TOUS LES ANS,
ET TU M'ENVERRAS RÉGULIÈREMENT DES PHOTOS DE CE QU'IL MANGE.
ARGH...
ET JE VEUX UNE CARTE DE VŒUX ET DES CADEAUX À NOËL, SINON TU VAS ENTENDRE DE MES NOUVELLES.
HÉ HO...
ELLE EST UN PEU ÉGOÏSTE, TA DERNIÈRE REQUÊTE.
NARU-SAN...
GRMF...
KÔSEI...
ÇA NE VEUT PAS DIRE QUE JE DONNE MA PERMISSION.
MAIS PUISQUE TU DIS QUE TU VEUX ME CONVAINCRE, JE VAIS TE LAISSER UNE CHANCE.
AH LÀ LÀ... TU VAS AVOIR UNE DRÔLE DE BELLE-FAMILLE, MASATO.
LA FERME, NARU-SAN !
HU HU !

BON, NOUS AUSSI,
IL FAUT QU'ON PARLE.
POF
TU PEUX T'EN ALLER TOUT DE SUITE.
HEIN ?
T'AS TROUVÉ UN AUTRE EN-DROIT OÙ VIVRE, PAS VRAI ?
DU COUP, JE METS FIN À TON BAIL DE LOCATION ICI ET MAINTE-NANT.
QUOI ?!
HÉ, DIS PAS ÇA !
C'EST PAS ENCORE PRÊT, DE L'AUTRE CÔTÉ...
JE T'ENVERRAI TES BAGAGES PAR COLIS, TE FAIS PAS DE SOUCI.
JE SUIS TELLEMENT GENTIL, MOI.
PFF...
ON Y VA, MASATO.
TIRE
HEIN ?! ON VA OÙ ?
ATTENDS !
Allez, viens !
CLAC

PFF... ON SE SERAIT CRU DANS UNE PIÈCE DE THÉÂTRE.
CHUCHOTE
TU L'AS FAIT EXPRÈS, HEIN, NARU-SAN ?
TU AS FAIT SEMBLANT DE JETER LA MAQUETTE POUR VOIR COMMENT MASATO-KUN RÉAGIRAIT.
TU SAIS, KÔ-KUN...
ÇA FAIT TRÈS LONGTEMPS...
QUE JE N'AI PAS VU ASAHI AUSSI HEUREUX.

IL NE PLEUT PLUS.
OUI...
Tu sais,
EN FAIT, ON A LE MÊME BUT, TOI ET MOI.
C'EST UN JOUR HEUREUX.
ON DEVRAIT ALLER BOIRE UN COUP POUR FÊTER ÇA.
ÇA VA ALLER POUR TOI ?
IL T'A QUAND MÊME VIRÉ DE L'APPAR-TEMENT.
OUAIS, ÇA IRA.
DE TEMPS EN TEMPS, MIEUX VAUT LE LAISSER FAIRE SES BLAGUES EN PAIX.
HEIN ? SES BLA-GUES...?
HÉ,
ÇA TE DIT QU'ON SE BALADE UN PEU ?
?

APRÈS LE DÉMÉNAGEMENT, JE NE POURRAI PLUS VENIR ICI AUSSI SOUVENT...
MOI AUSSI, J'ADORE VENIR ICI.
JE SUIS VRAIMENT CONTENT QUE TU M'AIES MONTRÉ CET ENDROIT.
HA HA
C'EST PARCE QUE... TU ÉTAIS SPÉCIAL.
AAAH...
CE SOIR-LÀ, J'AURAIS JAMAIS CRU QUE JE TOMBERAIS AMOUREUX D'UN VIEUX COMME TOI.
C'EST PARCE QUE J'AI UN CHARME FOU, TU POUVAIS PAS LUTTER.
ARRÊTE DE TE VANTER, CRÉTIN...
KSSS
LA MAQUETTE... TU REGRETTES PAS DE L'AVOIR DÉTRUITE ?
KSSS
JE TE L'AI DIT, TU PROTÈGES DÉJÀ CE QU'IL Y A DE PLUS IMPORTANT POUR MOI.
ALORS NON, JE NE REGRETTE PAS.
JE N'AI RIEN FAIT DE SPÉCIAL, POURTANT...

DE TOUTE FAÇON, JE ME TROMPAIS.
CE N'EST PAS EN BÂTISSANT UNE MAISON QU'ON TROUVE LE BONHEUR.
CE SONT LES GENS QUI VIVENT À L'INTÉRIEUR QUI LE CONSTRUISENT.
ÇA PARAÎT TELLEMENT ÉVIDENT, MAINTENANT...
MAIS À CAUSE DE MES SOUVENIRS D'ENFANCE DIFFICILES, J'ÉTAIS INCAPABLE DE LE COMPRENDRE.
QUAND TU AS QUITTÉ L'APPART, JE ME DISAIS QUE LA VIE REPRENDRAIT COMME AVANT TON ARRIVÉE.
MAIS L'ATMOSPHÈRE À L'INTÉRIEUR AVAIT CHANGÉ...
ON A BEAU ÊTRE EN ÉTÉ, C'ÉTAIT FROID ET PESANT... JE NE LE SUPPORTAIS PLUS.
MAIS LE JOUR DU FEU D'ARTIFICE...
QUAND JE T'AI VU, TOUT A CHANGÉ.

J'AI EU L'IMPRESSION QU'UN VENT DE FRAÎCHEUR SOUFFLAIT DANS CETTE VIEILLE PIÈCE QUI SENTAIT LE RENFERMÉ.
C'EST FOU COMME L'ATMOSPHÈRE D'UNE SEULE PIÈCE PEUT CHANGER EN FONCTION DE NOS SENTIMENTS.
J'AI FINI PAR ME DEMANDER POURQUOI JE M'ÉTAIS PRIS LA TÊTE SUR MA MAISON IDÉALE PENDANT DES ANNÉES.

QUAND TU ES REVENU DANS CET APPARTE-MENT QU'ON A PARTAGÉ ENSEMBLE PENDANT CES DERNIERS MOIS,
TU AS RAMENÉ AVEC TOI LE CONFORT ET LE BONHEUR QUE JE RECHERCHAIS.
AH BON... TANT MIEUX...
ET JE ME SUIS RENDU COMPTE QUE C'ÉTAIT PROBABLEMENT ÇA, LE «FOYER HEUREUX» QUE JE DÉSIRAIS TELLEMENT.
Les sentiments d'Asahi font écho aux miens.
Ses mots semblent encore plus chargés de sens...
que s'il me disait «je t'aime».
MASATO...
GRIP

EST-CE QUE TU VEUX VRAIMENT DE MOI ?
BIEN SÛR QUE OUI...
JE NE VEUX PERSONNE D'AUTRE QUE TOI.

TIRE
DANS CE CAS,
JE NE TE LAISSERAI PLUS JAMAIS T'ENFUIR.
PEU IMPORTE COMBIEN DE FOIS TU ES-SAIERAS DE M'ÉCHAPPER.
......
JE NE M'ENFUIRAI PLUS...
JE SUIS REVENU POUR TOI...

OUAAAH !
ON EST EN RETARD AU COURS DE SOUTIEN !
TAP
C'EST DE TA FAUTE, TU VOULAIS MANGER UNE GLACE !
TAP
LE PROF ME FAIT PEUR !
TAP
SPLASH
TAP
TAP
.....
KSSSS
KSSSSS
KSSSS
HÉ... ON FAIT QUOI, MAINTENANT ?
Je me suis emporté...
ON POURRAIT ALLER SQUATTER MON BUREAU.
IL Y A DÉJÀ UN LIT POUR FAIRE LA SIESTE, ON PEUT PASSER LA NUIT LÀ-BAS.
MAIS C'EST SUPER POUSSIÉREUX...
Tu m'aideras à nettoyer.
T'AS PAS DE DOUCHE LÀ-BAS, HEIN ?
EUH, NON, PAS VRAIMENT...
MAIS IL Y A UN BAIN PUBLIC À 10 MINUTES DE MARCHE...
C'EST HORS DE QUESTION !!
ON N'A QU'À ALLER CHEZ MOI POUR CETTE NUIT.
CE SERA TOUJOURS MIEUX QUE DE SE SERRER COMME DES SARDINES DANS TON BUREAU.
Mais tu partageras le loyer (Location à la semaine)

ÇA T'EMBÊTE TANT QUE ÇA DE PAS PRENDRE DE DOUCHE ?
POC
MOI, ÇA ME DÉRANGE PAS.
EH BEN MOI, ÇA ME DÉRANGE !
HA HA HA
SHHHHHH...

NNNH...
HHH...
SHHHH...
H... HÉ HO...
SLURP
LAISSE-MOI AU MOINS ME LAVER...
TU PEUX PAS ATTENDRE UN PEU...?
BISOU
CRIC
NON, JE PEUX PAS.
POSE TES MAINS CONTRE LE MUR.
BISOU
BISOU
NH...
FUIP
FUIP
TREMBLE...

OUVRE UN PEU PLUS LES JAMBES...
FUIP
FUIP
AH...
AAH...
HAA...
NHH...
HÉ, ASAHI...
JE...
JE PEUX JOUIR...?
J'AI MIS QUE DEUX DOIGTS SEULEMENT...
RETIENS-TOI UN PEU.
FUIP
AAH... DÉ-PÊCHE...
J'AI ENVIE QUE TU ME PRENNES ...
AAH...
BOBOM
POUIC
AH...
FLOUP
JE SAIS...
HAA...
MOI AUSSI, J'AI ENVIE.
HAA...
NHH...
BOBOM
BOBOM
MAIS... T'AIMES BIEN AUSSI SENTIR MES DOIGTS À L'INTÉRIEUR, NON ?
J'ADORE ...
OUI, LÀ... CONTINUE...
.....
FLOUP

BOBOM
C'EST TROP BON...
AH...!
NON... ME TOUCHE PAS LÀ...
FLAP
FLAP
HÉ, SERRE PAS SI FORT... JE PEUX PLUS METTRE D'AUTRES DOIGTS SINON...
SEEEERRE...
FUIP
NNH...
FUIP
JE VAIS JOUIR...
NNH... ÇA VIENT...
SPLURT !
HAA...
HAA...
HAA...
HAA...
TU ME TIENS TROP FORT, MASATO...
FLAP
FLAP

NH...
ASA...
HI...
NNH...
ARRÊTE DE ME TOUCHER LÀ...
SINON...
JE VAIS ENCORE JOUIR...
MOI AUSSI,
JE VEUX QUE TU PRENNES TON PIED, ASAHI...
CRIIC...
FLOUP
WHAM
PAF
PAF

TREMBLE...
HAA... AH...
MASA-TO...
AT-TENDS...
VAS-Y DOUCE-MENT...
FLOUP...
BOUGE PAS TOUT DE SUITE...
QUE JE BOUGE PAS ?
TU VEUX MA MORT, OU QUOI ?
AAH... JE LA SENS GROSSIR...
C'EST... PARCE QUE TU ME SERRES TROP FORT...
PAF
AH ! IDIOT...
PAF
NH...
AH...
PAF
AH...
PAF
T'ES TROP SEXY QUAND TU BOUGES COMME ÇA...
C'EST À SE DEMANDER POURQUOI TU VOU-LAIS SEULEMENT ÊTRE ACTIF, ALORS QUE ÇA TE DONNE TELLEMENT DE PLAISIR QUAND TU TE FAIS PRENDRE...
PAF
AH...
PAF
NHH...

PARCE QUE...
JE VOULAIS PAS...
HEIN ?
HAA...
HAA...
JE VOULAIS PAS...
QUE QUELQU'UN D'AUTRE QUE TOI...
QUAND JE SUIS COMME ÇA...
ME VOIE...
PAF
PAF
PAF
......
AH BON...
GRIP
AH...
PLAF
QU...
DANS CE CAS, PRENDS TON PIED.
PAS VRAI ?
AAAH...!
PAF

CRIIIC
AAH...!
AT-TENDS...
CRIIIC
PAS SI... PROFOND...
CRIIIC
CRIIIC
ASA...
AH...
NNH...
C'EST BIEN...
CRIIIC
T'AS L'AIR DE PRENDRE DU PLAISIR...
HHH...!
POUR MOI AUSSI, C'EST TROP BON...

BISOU
HÉ... POURQUOI TU PLEURES ?
T'AS MAL ?
OUI, J'AI MAL...
LÀ OÙ TU ME TOUCHES,
LÀ OÙ ON EST RELIÉS...
C'EST TROP BON...
Si les larmes qu'on verse quand on est triste...
nous aident à nous libérer...
JE SUIS TELLEMENT HEUREUX...

QUE ÇA FAIT MAL...
Je me demande quel effet...
ont les larmes qui nous viennent
quand on voit la personne qu'on aime nous sourire,
et que ça nous remplit de joie...

JE NE VOULAIS PAS TE FAIRE PLEURER.
MAIS T'ES TELLEMENT MIGNON QUE ÇA ME DONNE ENVIE DE VOIR ÇA PLUS SOUVENT.
ARRÊTE... REGARDE PAS, IDIOT...
MASATO...
NNH...
AH...
AH...
Dis...
Est-ce que...
J'ai le droit de te le dire, moi aussi ?
ASAHI...
ASAHI...
MH ?

JE T'AIME...
ゴオオオ
VROOOOM...
T'AVAIS PAS BESOIN DE M'ACCOM-PAGNER, TU SAIS.
BROUHAHA
ザワ
ザワ
BAH... ON VA DIRE QUE C'ÉTAIT POUR ME FAIRE PAR-DONNER ?
DIS SURTOUT QUE C'ÉTAIT PARCE QUE TU VOULAIS ÊTRE SÛR QUE TON CHIEUR DE BEAU-FRÈRE SOIT BIEN PARTI.

Departure
出发 출발
MAIS NON...
Très crédible.
KÔSEI !
TIENS ? IL Y A QUELQU'UN QUI T'ATTEND, KÔSEI ?
IL EST DÉJÀ LÀ ? JE LUI AVAIS DIT DE M'ATTENDRE À LA PORTE D'EMBARQUEMENT...
HEIN...?
ペコ
COURBETTE
MAIS... CE TYPE...
!?
AH, TU TE SOUVIENS DE JUN ?
IL S'EST PASSÉ UN TAS DE TRUCS APRÈS, ET ON S'EST REMIS ENSEMBLE...
QUOI ? JE TE L'AVAIS PAS DIT ?
SI JE SUIS PARTI AUX ÉTATS-UNIS, C'EST PARCE QUE JUN A ÉTÉ MUTÉ LÀ-BAS...
TU M'AS RIEN DIT DU TOUT !!

Ah bon... Je vois...
Ça me fait plaisir...
SI J'AI PU PARTIR VIVRE À L'ÉTRANGER AVEC LUI...
C'EST PARCE QUE NII-SAN M'A TOUJOURS SOUTENU.
MAIS QUAND IL A DIVORCÉ... J'AI FAIT PASSER JUN AVANT LUI, ET JE L'AI DÉLAISSÉ.
JE ME SENTAIS COUPABLE...
C'EST POUR ÇA QUE JE ME SUIS TELLE-MENT OPPOSÉ À VOTRE RELATION...
TU N'AS RIEN FAIT DE MAL, KÔSEI.

OUI, PEUT-ÊTRE...
MON FRÈRE A ENFIN RENCONTRÉ QUELQU'UN AVEC QUI IL VEUT BÂTIR SA MAISON DE RÊVE,
ET JE SAIS QUE C'EST QUELQUE CHOSE D'EX-TRÊMEMENT IMPORTANT POUR LUI.
C'EST POUR ÇA QUE JE SUIS VRAIMENT,
VRAIMENT...
HEUREUX.
AH !
T'ES À LA BOURRE, NII-SAN !
AH, PARDON, PARDON !
タッ TAP
タッ TAP

C'ÉTAIT LA GALÈRE, IL NE RESTAIT PLUS QU'UNE SEULE FEUILLE DE PAPIER TOILETTE...
HÉ !! PERSONNE A ENVIE DE SAVOIR ÇA !!
PAF
JE TE RACONTE PAS COMME J'ÉTAIS DANS LA MERDE...
ARRÊTE AVEC TES BLAGUES DÉBILES !
C'est dégueu !
Mais non, c'est drôle.
KSSSSSSS
KSSSSSSS
KSSSSSS
KHOF !
KHOF !
3F
2ème étage : Cabinet d'architecture Yajima

COMMENT TU PEUX VOULOIR DORMIR ICI ? J'ARRIVE PAS À LE CROIRE...
Y'A RIEN QUI EST RANGÉ !
LE BORDEL...
On va passer tout l'été à trier !
AU FAIT, JE VAIS VIVRE OÙ, MOI ?
ET ME DIS PAS ICI, C'EST BEAUCOUP TROP PETIT...
IL Y A UN LOGEMENT À L'ÉTAGE DU DESSUS.
ET IL VIENT JUSTE D'ÊTRE LIBÉRÉ, ALORS JE ME DISAIS QU'ON POURRAIT HABITER LÀ.
TOUS LES PAPIERS SONT SIGNÉS.
AH BON... ALORS ON VA POUVOIR DÉMÉNAGER IMMÉDIATEMENT ?
NON... IL FAUT RÉPARER LES TUYAUX D'ÉVACUATION ET L'ÉLECTRICITÉ D'ABORD. ON NE POURRA PAS Y ALLER TOUT DE SUITE.
QUOI ?! TU VEUX DIRE QUE TANT QUE LES TRAVAUX SERONT PAS FAITS, ON POURRA PAS Y HABITER ?
T'aurais pas pu penser à ça avant ?!
AU LIEU DE RÂLER, TU FERAIS MIEUX DE TE METTRE AU BOULOT.
COMMENT TU PEUX TROUVER L'ÉNERGIE DE GUEULER PAR UNE CHALEUR PAREILLE...?

HAAA... POURQUOI JE SUIS TOMBÉ AMOUREUX D'UN MEC AUSSI MAL ORGANISÉ...?
POF
JE VOULAIS VIVRE ICI TEMPORAI-REMENT,
MAIS TOI, SI TU PRÉFÈRES, TU PEUX DEMANDER À NARU DE RETOURNER DANS L'APPARTEMENT.
NON, JE VEUX RESTER AVEC TOI...
ÇA VA TE PRENDRE CENT ANS À RANGER ÇA TOUT SEUL,
ET UNE FOIS QUE ÇA SERA PROPRE, ÇA FERA UN PEU RÉTRO, CE SERA SYMPA.
D'ACCORD, TANT MIEUX.
ET PUIS...
GRIP
AH...

UN JOUR, TU ME CONSTRUIRAS UNE RÉSIDENCE DE LUXE, PAS VRAI ?
OUH LÀ... CONTENTE-TOI DE CONSTRUIRE LES MAQUETTES, MAIS RIEN DE PLUS.
HA HA !
AH... UNE MAISON AVEC UNE PISCINE SUR LE TOIT ?
OU BIEN TU PRÉFÉRERAIS UN CHÂTEAU ?
MAIS BON, POURQUOI PAS ?
TANT QUE TU ES AVEC MOI...

Épilogue

LOVENEST

KSSSSS
KSSSSS
KSSSSS
KSSSSS
KSSSSS
NHH...
BISOU
ATTENDS...
NHH...
DU CALME, ASAHI...
BISOU
ON A PAS FINI DE RANGER...
BISOU
HAA...
SLURP...
TU PEUX PARLER.
C'EST TOI QUI M'AS CHAUFFÉ, D'ABORD.
POC
HEIN, MASATO ?
HA HA !
GRIP

EN PLUS, T'AVAIS DIT QUE TU VOU-LAIS PAS LE FAIRE DANS LE BUREAU...
J'AI DIT ÇA, MOI ?
AH, MINCE...
LA FENÊTRE EST OUVERTE...
T'INQUIÈTE PAS, ILS PEUVENT PAS NOUS VOIR.
HÉ !
JE PARLE PAS DE ÇA.
ILS VONT NOUS ENTENDRE, SURTOUT.
ATTENDS...
AH !
PAF
MAIS SI ON LA FERME, ÇA VA DEVENIR UN FOUR, ICI.
BLAM
C'EST ENCORE
PIRE...
SCHRIC
SCHRIC

AAAAAAAAAAH !!

HI HI...
DONC,
TU VOUDRAIS REVENIR DANS MON APPARTEMENT QUELQUE TEMPS, C'EST ÇA ?
JE T'EN SUPPLIE, NARU !
AU MOINS JUSQU'À CE QU'ON PUISSE HABITER À L'ÉTAGE AU-DESSUS DU BUREAU !
ON DIT QUE QUAND IL Y A UN CAFARD QUI SE BALADE, ÇA VEUT DIRE QU'IL Y EN A UNE CENTAINE QUI SE CACHENT !!

D'OÙ EST-CE QU'ILS ONT PU VENIR, CES CAFARDS ?
IL N'Y A PAS DE RESTAURANT PRÈS DE TON BUREAU.
TOUT À FAIT, NARU.
T'AS QU'À ALLER HABITER DANS LE BUREAU TOUT SEUL, SI ÇA TE DÉRANGE PAS !!
MOI, JE REVIENDRAI PAS AVANT QUE T'AIES TROUVÉ UNE FAÇON DE TE DÉBARRASSER DE CES TRUCS !!
EH OH...
JE CROYAIS QUE T'AVAIS DIT QUE TU VOULAIS RESTER AVEC MOI ?!
TU SAVAIS QUE JE DÉTESTAIS LES INSECTES, ET TU M'AS FAIT UNE SALE BLAGUE QUAND MÊME !
HEIN ?!
BEN J'AI CHANGÉ D'AVIS !!
HA HA !
T'as peur des insectes ?! Toi, un adulte ?
GYAAAAH !!
J'AI HORREUR DE ÇA !!
ARRÊTE !! T'APPROCHE PAS DE MOI !!
PUTAIN !!
Allons, allons.
TU ES VRAIMENT PUÉRIL, ASAHI.
Tu as dû avoir tellement peur.
PAUVRE MASATO.
Asahi est vraiment sans cœur.
TSS...
JE T'AURAIS BIEN DIT DE REVENIR AUSSI LONGTEMPS QUE TU LE SOUHAITES,
MAIS J'AI DÉJÀ TROUVÉ UN FUTUR LOCATAIRE.
ET JE DOIS RAFRAÎCHIR L'APPART, DONC TU NE POURRAS RESTER QUE DEUX MOIS AU MAXIMUM.
!

NARU, MON SAUVEUR !!
RAYONNANT
ÇA NE TE DÉRANGE PAS ?
TU VAS PRENDRE CES DEUX MOIS POUR T'ASSURER QUE L'ENDROIT SOIT VIVABLE, HEIN ASAHI ?
FIXE...
.....
DÉSOLÉ DE T'EMBÊTER AVEC ÇA, NARU...
TU ME SAUVES LA VIE.
ÇA ME FAIT PLAISIR DE POUVOIR VOUS AIDER.
VOUS AVEZ L'AIR HEUREUX ENSEMBLE.
HI HI !

[*Le café-bar de Naru.]

QUELLE BELLE COULEUR...
MAINTENANT QUE J'Y PENSE, TU AS TOUJOURS EU DES PARAPLUIES ROUGES, MASATO.
T'as une sacrée mémoire.
AH BON ? C'EST VRAI QU'ON DIT QUE C'EST RARE POUR UN HOMME, MAIS J'AIME BIEN CETTE COULEUR.
MAIS QUAND JE VAIS AU TRAVAIL, J'EN PRENDS UN NOIR.
ÇA TE GÊNE, LA COULEUR ?
HI HI
PAS DU TOUT.
MOI AUSSI, JE LA TROUVE TRÈS BELLE.
ELLE FAIT FORTE IMPRESSION DÈS LE DÉBUT.
MERCI, MASATO, JE TE L'EMPRUNTE.
CLAC

CLAC CLAC
CLAC CLAC
HAAA...
POURQUOI JE DOIS M'Y COLLER AUSSI ?
JE SUIS UN DÉBUTANT, MOI, J'Y CONNAIS RIEN À TOUT ÇA...
C'EST TOI QUI AS DIT QUE LA CUISINE ET LA SALLE DE BAIN NE TE PLAISAIENT PAS, DONC IL FAUT TOUT REFAIRE.
ET C'EST LA PLEINE SAISON POUR LES ARTISANS, ON N'ARRIVERAIT JAMAIS À EN TROUVER EN MOINS DE DEUX MOIS.
ALORS FAUT QU'ON FASSE TOUT CE QU'ON PEUT NOUS-MÊMES.
AH,
ET PUIS, C'EST MOINS CHER COMME ÇA.
AVOUE, C'EST SURTOUT POUR ÇA, HEIN ?
MAIS POUR ÊTRE HONNÊTE...
C'EST PLUTÔT AGRÉABLE DE PEINDRE...
COUP D'ŒIL...
FUIP...

Il est bon à ça... Vu qu'il voulait être charpentier, avant.
Et quand il a l'air sérieux, comme ça, il est...
EH OH, MASATO !
JE SAIS QUE JE SUIS BEAU, MAIS C'EST PAS UNE RAISON POUR ME MATER EN DOUCE.
QUOI ?!
TU TE FAIS DES IDÉES, CRÉTIN !
HA HA !
MINCE, J'AI PLUS DE VIS.
MASATO,
JE SORS EN ACHETER, OK ?
JE VIENS AVEC TOI !
On n'a qu'à faire une pause.

TAP
TAP
TAP
HÉ, ASAHI
ON POURRAIT DÉCORER LA CUISINE AVEC DU ROUGE ?
ÇA METTRA UN PEU DE GAÎTÉ QUAND ON PRÉPARERA À MANGER.
(Enfin, quand JE préparerai à manger.)
TANT QUE ÇA DÉPASSE PAS LE BUDGET, FAIS CE QUE TU VEUX.
Budget, budget...
IL EST À TOI, CE VIEUX BÂTIMENT, PAS VRAI ? ARRÊTE D'ÊTRE AUSSI PRÈS DE TES SOUS, TU VAS LE REGRETTER.
JE TE SIGNALE QUE J'AI PAS FINI DE PAYER LE PRÊT BANCAIRE...
HÉ, ON PEUT PASSER PAR LA SUPÉRETTE ?
J'ai soif.
T'aurais pu le dire...
DANS CE CAS, JE VAIS ALLER FUMER LÀ-BAS.
TU PEUX ME PRENDRE UN CAFÉ GLACÉ, MASATO ?
OK, JE TE RAMÈNE ÇA !

OUAAAH !
OH... !
KYAH
PAF !
BONG
HÉ LÀ, FAIS ATTENTION.
SURSAUTE
P...
PARDON...
T'as fait tomber ta casquette.
JE NE SUIS PAS FÂCHÉ, NE PLEURE PAS.
JE T'AVAIS DIT DE NE PAS COURIR !
TAP
TAP
EXCUSEZ-MOI, C'EST MON FILS...
PAS GRAVE...
NORMAL
SAKI ?
HEIN ?
AH...
ASAHI...
KSSSSS
KSS
SSSSSS
SSSSSS

EUH...
JE SUIS RENTRÉE CHEZ MES PARENTS POUR LES GRANDES VACANCES...
DÉSOLÉE, TU N'AVAIS PROBABLEMENT PAS ENVIE DE VOIR MA TÊTE.
MAIS NON, NE T'EN FAIS PAS.
TU AS L'AIR D'ALLER BIEN.
OUI... TOI AUSSI...
MAMAN, QUI C'EST ?
AH...
EUH... EH BIEN...
JE SUIS...
UNE ANCIENNE CONNAIS-SANCE DE TA MAMAN.
PRENDS BIEN SOIN D'ELLE, D'ACCORD, PETIT ?
OUI !
JE LUI AI MÊME ACHETÉ DES FLEURS AVEC PAPA POUR LA FÊTE DES MÈRES !
C'EST VRAI ?
C'EST SUPER, ÇA !

DÉSOLÉ, JE NE PEUX PAS RESTER.
JE SUIS AVEC QUELQU'UN.
!
LÈVE
D'ACCORD, DÉSOLÉE...
IL FAUT QUE J'Y AILLE AUSSI.
BON, EH BIEN... PORTE-TOI BIEN.
MERCI.
BYE BYE
GRIP
ATTENDS...!
LES DERNIERS MOTS QUE TU M'AS DITS... ILS M'ONT VRAIMENT DONNÉ DU COURAGE.
JE SUIS HEUREUSE, MAINTENANT.
AH BON...

TAP
T'ES DÉJÀ LÀ ?
MMH.
SCHLACK
POURQUOI TU FAIS LA GUEULE ?
C'ÉTAIT TON EX-FEMME, NON ?
EUH, OUI...
COMMENT EST-CE QU'ELLE OSE TE DIRE QU'ELLE EST HEUREUSE ALORS QU'ELLE T'A TRAHI ?
HA HA
IDIOT.
DANS UNE SITUATION PAREILLE, SI TON EX TE DIT «JE SUIS MALHEU-REUSE»,
ÇA AURAIT TENDANCE À T'INQUIÉTER, NON ?
SI ELLE TE DIT QU'ELLE EST HEUREUSE, C'EST PLUS FACILE DE TOURNER LA PAGE.
C'EST MIEUX COMME ÇA, TU CROIS PAS ?

SLUURP
Hum, c'est bon
MOI...
SI MON EX M'AVAIT DIT «JE SUIS MALHEUREUX», JE LUI AURAIS RÉPONDU «BIEN FAIT POUR TA GUEULE», ET J'AURAIS RIGOLÉ.
FROTTE
FROTTE
POC
OH, COOL, DU POULPE MARINÉ !
J'ADORE BOIRE UN COUP EN MANGEANT TES APÉRITIFS FAITS MAISON, MASATO.
Bon appétit !

TU RETOURNES PAS DORMIR AU BUREAU CE SOIR ?
TU VAS TE SENTIR SEUL SI JE NE DORS PAS AVEC TOI, NON ?
HUM...
GLOU
CLING
TU DIS PAS GRAND-CHOSE, AUJOURD'HUI.
T'ES TOUJOURS PERTURBÉ À CAUSE DE CE QUI S'EST PASSÉ CET APRÈS-MIDI ?
NON...
ENFIN...
À VRAI DIRE, SI, UN PEU.
TU N'AVAIS PAS VU TON EX-FEMME DEPUIS LONGTEMPS... J'AVAIS PEUR QUE TU TE SOUVIENNES DE TES SENTIMENTS POUR ELLE,
OU BIEN QUE ÇA TE RAPPELLE LES BONS MOMENTS DU PASSÉ.
MAIS PEUT-ÊTRE QUE JE ME TROMPE...
Enfin... Je sais pas...

HA HA HA !
AH LÀ LÀ...
VRAIMENT, DES FOIS, T'ES...
POUR-QUOI TU RIGOLES COMME...
ÇA...
BISOU
チュッ
EN FAIT...
COMME TU AVAIS CHOISI D'ÊTRE AVEC MOI, JE N'EN PENSAIS PAS GRAND-CHOSE, MAIS...
NARU M'A RACONTÉ...
QUE TU AVAIS DIT À CETTE FEMME D'ÊTRE HEUREUSE.
C'EST RARE DE DIRE ÇA À QUELQU'UN PENDANT UNE RUPTURE...
ÇA NE M'A MÊME PAS TRAVERSÉ L'ESPRIT.
ÇA N'A PAS ÉTÉ FACILE, POUR ÊTRE HONNÊTE.

LA VÉRITÉ, C'EST QUE... JE NE PEUX PAS CONCEVOIR D'ENFANT, OU PRESQUE.
HEIN ?
ET ELLE, ELLE VOULAIT ABSOLUMENT EN AVOIR UN,
C'ÉTAIT BEAUCOUP PLUS IMPORTANT POUR ELLE QUE MA MAISON DE RÊVE...
Désolée... Ce n'est arrivé qu'une fois...
Je suis enceinte...
Mais... Je vais avorter... Alors...
JE LUI AI DIT DE NE PAS FAIRE ÇA.
ON A SUBI TELLEMENT DE RENDEZ-VOUS MÉDICAUX POUR QU'ELLE TOMBE ENCEINTE...
JE PRENAIS LE BOULOT COMME EX-CUSE POUR FUIR MES RESPONSA-BILITÉS.
JE PERDAIS CONFIANCE EN MOI,
ET ELLE, DU COUP, ELLE SE SENTAIT COUPABLE...
QUAND ON S'EST SÉPARÉS, C'ÉTAIT POUR NOTRE BIEN À TOUS LES DEUX.

ALORS, AU MOMENT DU DIVORCE...
J'AI RASSEMBLÉ TOUT MON COURAGE, ET JE LUI AI SOUHAITÉ D'ÊTRE HEUREUSE.
GLOUPS
PLAF
AAH, DÉSOLÉ...
C'EST NUL, COMME HISTOIRE.
À CHAQUE FOIS QUE JE SUIS AVEC TOI,
JE ME METS À RACONTER DES TRUCS SANS INTÉRÊT...
ZZZZZZZZZ...
EUH... C'ÉTAIT PAS JUSTE TON PREMIER VERRE ??
C'était beaucoup trop rapide !

ILS N'ARRIVAIENT PAS À CONCEVOIR D'ENFANT, ET ELLE EST TOMBÉE ENCEINTE APRÈS L'AVOIR TROMPÉ JUSTE UNE FOIS...
Ça a dû lui faire tellement de mal...
Je n'arrive même pas à imaginer.
«Si elle te dit qu'elle est heureuse, c'est plus facile de tourner la page.»
«C'est mieux comme ça, tu crois pas ?»
OUI, C'EST PROBABLEMENT MIEUX POUR TOI...
ET ELLE DEVAIT CERTAINEMENT LE SAVOIR.

HÉ, ASAHI...
SI TU VEUX DORMIR, VA AU LIT.
MMH...
SECOUE
ALLEZ... JE VAIS TE PORTER.
MASATO... VIENS LÀ...
GRIP
OUAH ! ATTENTION !
MON OREILLER À MOI...
HI HI
JE SUIS PAS TRÈS CONFORTABLE, COMME OREILLER...

MOI, JE PRÉFÈRE QUAND MON OREILLER EST DUR...
C'est toi qui m'as appris...
que ça faisait du bien de parler de ce qu'on ressent.
Maintenant, tu n'auras plus à tout supporter seul.

Et c'est pareil pour moi...
mon chaton
本日貸切
DILING
DILING
ガラン
ゴロン
AH, LE VOILÀ !
BIENVENUE, MASATO !

[*Le sehikan, composé de riz et de haricots rouges, est un plat traditionnellement préparé pour les occasions spéciales, mariages, etc.]

*Voir hange World, ome 2

ET POURQUOI T'ES AUSSI MAL SAPÉ, TOI, D'ABORD ?! C'EST QUOI CE DÉBUT DE BARBE DÉGUEULASSE ??
Et tes cheveux !! Ils sont n'importe comment !
ON ESSAIE DE SE FAIRE BEAU QUAND ON VA À UNE FÊTE !
NARU M'A JUSTE DIT DE VENIR COMME ÇA...
ET JE ME SUIS LAVÉ LE VISAGE.
C'EST PAS LE PROBLÈME !!
ENCHANTÉE, JE M'APPELLE KURODA !
JE SUIS AMIE AVEC MASATO DEPUIS L'UNIVERSITÉ.
J'ai beaucoup entendu parler de toi !
POF
MASATO A DE LA CHANCE D'AVOIR UNE SI BELLE AMIE.
FRRT
JE SUIS CONTENTE QU'ON SE RENCONTRE ENFIN !
Il flirte devant moi, en plus...
GRR...
CLAC
HÉ !
ÇA FAIT MAL, MASATO !
AAAH... JE VOULAIS PAS QU'ELLE TE VOIE COMME ÇA...
COMME ÇA ?! ÇA VEUT DIRE QUOI, ÇA ? ESPÈCE DE SNOB !
MOI, AU MOINS, JE M'HABILLE BIEN AVANT D'ALLER À UNE FÊTE !
T'es vraiment pas possible !

AH !!
Ça craint !!
ASAHI, VIENS AVEC MOI DANS LA RÉSERVE ! FAUT QU'ON RASE CETTE BARBE !
POURQUOI FAIRE ? C'EST TROP TARD...
POUSSE
POUSSE
HEIN ?!
DILING DILING
BONSOIR !
BIENVENUE !
GLOUPS !!
AH,
VOICI UN PETIT CADEAU...
Félicitations pour le quinzième anniversaire du bar
OH, MERCI BEAUCOUP !
Je suis le propriétaire de «Mon Chaton».
MERCI BEAUCOUP DE NOUS ACCUEILLIR ! ON A ÉTÉ INVITÉS PAR HOZUMI-SAN.
MASATO M'A BEAUCOUP PARLÉ DE VOUS.
VOUS ÊTES DES AMIS TRÈS PROCHES, N'EST-CE PAS ?
MOI, PAS TANT QUE ÇA...

?
HOZUMI-SAN, QU'EST-CE QUE VOUS FAITES ?
HÉ, MASATO !
ARRÊTE DE FAIRE DES COCHONNERIES AVEC TON PETIT AMI ET VIENS ICI.
GLOUPS
GLOUPS
PETIT AMI ?!
OOH ! HOZUMI-SAN !!
C'EST LUI, CELUI DONT TU ME PARLAIS ?!
POURQUOI TU NE LE PRÉSENTES PAS À TES AMIS ?
Aaaaaaaah !
NARU !! TU L'AS FAIT EXPRÈS !!
Espèce de sadique !!
!
OOOH... C'EST VOUS, LES FAMEUX KÔHAIS DE MASATO ?
NYARK
Mince... C'est vrai...
Naru a dû lui parler d'eux...

ENCHANTÉ JE SUIS LE PETIT AMI DE MASATO !
Soyez gentils avec lui !
JE VEUX MOURIR...
Quelle grosse blague...
PAF
CLING !
FUAAAH !

T'AS FAIT DE SACRÉS PROGRÈS, HOZUMI-SAN !
EN TOUT CAS, L'ALCOOL EST DÉLICIEUX ICI.
JE LE REGRETTE DÉJÀ.
MIOM
MIOM
ET ÇA VALAIT LA PEINE DE VENIR RIEN QUE POUR VOIR HOZUMI-SAN EMBARRASSÉ.
MIOM
ITÔ-KUN, T'ES SI GENTIL AVEC MOI, D'HABITUDE...
HÉ
ARRÊTE DE M'EMBÊTER...
HÉ
HÉ...
C'ÉTAIT MARRANT DE LE VOIR SE METTRE EN COLÈRE
JUSTE PARCE QUE JE NE ME SUIS PAS RASÉ AVANT DE VENIR...
ARRÊTE DE TE PRENDRE LA TÊTE SUR DES DÉTAILS PAREILS !
PARDON ?
C'EST TROP TARD POUR ARRANGER TON CARACTÈRE, DONC IL FAUT AU MOINS QU'ON FASSE TOUT CE QU'ON PEUT POUR ARRANGER TON APPARENCE...
EEEH...
MOI, J'AIME BIEN ! ÇA VOUS DONNE UN LOOK SAUVAGE, ASAHI-SAN.
ET EN PLUS, VOUS ÊTES ARCHITECTE ! C'EST VRAIMENT LA CLASSE.
GRRR...
ARRÊTE, IKU, IL VA AVOIR LES CHE-VILLES QUI ENFLENT.

T'ES UN GARS BIEN...
TCHAC
IKU...
AAAH...
NON, JE SUIS SÉRIEUX !
J'ADMIRE LES GENS QUI FONT UN TRAVAIL AUSSI DIFFICILE.
ET T'ES BEAU GOSSE, EN PLUS.
JE POURRAIS BIEN TOMBER AMOUREUX DE TOI...
GRIP
HEIN ?
SÉPARE
ÇA SUFFIT, SEMPAI !!
OH...
JE T'AI DÉJÀ DIT D'ARRÊTER DE FLIRTER AVEC N'IMPORTE QUI !!
Mais je flirtais pas...
ITÔ-KUN, TU SORS AVEC IKU, C'EST ÇA ?
Tu fais une tête marrante quand t'es en colère.
ARRÊTE DE TE COLLER À IKU COMME ÇA, ASAHI...
Faudra me passer sur le corps avant.
GRRRRR...
C'EST L'HÔPITAL QUI SE FOUT DE LA CHARITÉ !!
HA HA HA HA !

DILING
DILING
PATRON !
UN AUTRE COGNAC ! AVEC DES GLAÇONS, S'IL TE PLAÎT.
LA MÊME CHOSE POUR MOI, PATRON !
AH, MARIÉ !
HIYORI-CHAN VA VENIR, FINALEMENT ?
OUI, ELLE PASSERA PENDANT SA PAUSE.
Trop bien !
POC
CHUCHOTE
JE SUIS CONTENTE QUE ÇA SE PASSE BIEN AVEC ASAHI,
MASATO.
OUI... MERCI POUR TOUT, MARIÉ.
Maintenant, raconte-moi en détails !

MERCI POUR LA FÊTE, PATRON.
C'ÉTAIT SUPER DRÔLE DE VOIR MASATO AUSSI GÊNÉ.
Il était tellement mignon !
TCHIN
Non.
C'EST TOI QUI AS TOUT ORGANISÉ, NARU-SAN.
JE N'AURAIS JAMAIS CRU QU'ASAHI ET MASATO TERMINERAIENT ENSEMBLE...
IL FAUT DIRE QUE J'AI DRÔLEMENT MIS LE FEU AUX POUDRES...
JE ME SENTAIS RESPONSABLE D'EUX, ALORS JE LES AI POUSSÉS L'UN VERS L'AUTRE.
HA
HA
ÇA ME FAIT FRISSONNER DE T'ENTENDRE PRONONCER LE MOT «RESPONSABLE».
AVOUE QUE TU VOULAIS JUSTE SEMER LA ZIZANIE POUR T'AMUSER.
TU AIMES BEAUCOUP TROP MANIPULER LES GENS...
EEEEH...
えー？
C'EST PAS GENTIL DE DIRE ÇA.
DILING
DILING !
ガランコロン

[*Quartier gay de Tokyo]

AU FAIT... LE LYCÉEN QUI ÉTAIT VENU ICI LE DERNIER JOUR OÙ J'AI TRAVAILLÉ...
IL VIENT ENCORE ?
POURQUOI TU DEMANDES ÇA ?
AH, POUR RIEN...
JE M'EN SUIS RAPPELÉ EN VOYANT LE PARAPLUIE.
Une pensée en entraîne une autre...
CE LYCÉEN...
IL VENAIT ENCORE SOUVENT JUSQUE RÉCEMMENT,
MAIS IL S'EST TROUVÉ UN MEC BIEN ET IL NE VIENT PLUS TROP.
AH BON ? TANT MIEUX POUR LUI.
AH, VOILÀ LE PORTABLE.
BON, J'Y VAIS ! BONNE SOIRÉE !
BONNE NUIT !
DILING
DILING

IL S'EN EST SOUVENU EN VOYANT LE PARAPLUIE, HEIN ?
C'est vraiment un lycéen ?
J'ai fait sa connaissance sur internet. Je me suis montré gentil avec lui, et il a dit qu'il viendrait.
Alors tu l'as dupé ? Il sait pas qu'il va tomber sur un plan à plusieurs ?
GYA HA HA HA
BIP
Ah, il est près du bar, apparem-ment.
Il a un parapluie rouge et un T-shirt rayé.
Trop mignon !
TSSS...
Je vais dans la réserve, je reviens.

TAP
TAP
TAP
SHHHHHHH...
パシャ
SPLASH
Hé, Asahi !
Tu rêvasses ? Pourquoi tu sèches le boulot ?
Non...
Tu tombes bien, Naru.

Ce garçon...
Il est encore lycéen, apparemment. T'es le proprio du bar, dis-lui de partir.
Il est venu ici parce qu'il s'est fait duper par des clients.
Hein ? Laisse couler.
Ça lui fera une leçon de vie.
Arrête !
C'est mon dernier jour ici, montre un peu de compassion.
Je gère les mecs dans le bar, toi, occupe-toi de lui.
TAP
Allons bon...
TAP
TAP
SHHHHHHH...
Hé, toi... Tu es lycéen ?
Ce bar est réservé à ceux qui sont majeurs...
SPLASH

PFFFT !
ÇA SERAIT PAS DRÔLE SI JE LEUR DISAIS.
POURQUOI TU RICANES ?
Euh...
TU PARLES DE CES DEUX-LÀ ?
AH...
JE ME DISAIS, C'EST VRAIMENT INTÉRESSANT, LES RELATIONS HUMAINES, TU TROUVES PAS ?
ASAHI VA PAS ARRÊTER DE S'EN VANTER, SINON.
Il prendra la grosse tête.
D'AILLEURS...
QU'EST-CE QUI ATTIRE ASAHI CHEZ MASATO ?

PEUT-ÊTRE QU'IL ARRIVE À SOULAGER SES ANCIENNES BLESSURES.
OU ALORS...
IL EST ATTIRÉ PAR LA CHALEUR QU'IL DÉGAGE...
LUI QUI A EU LE CŒUR GELÉ PENDANT SI LONGTEMPS...
GLING
SI MASATO PARVIENT VRAIMENT À GUÉRIR LES BLESSURES D'ASAHI,
DANS CE CAS...

JE PENSE QU'ILS PARVIENDRONT À CRÉER DES LIENS...
ENCORE PLUS FORTS.

TADAM !!
ASAHI ♥ MASATO
BE HAPPY !

PAF
AH...
NNH...
AH...
AH
PAF
PAF
AH...
Arrête... Pas si fort...
PAF
JE VAIS JOUIR, SINON...
AH...
ASAHI...
PAF
PAF
HAA...
C'EST TOI QUI BOUGES LES HANCHES, JE FAIS RIEN.
PAF
PAF
HAA
JE VEUX TE VOIR JOUIR...
TE RETIENS PAS, MASATO.
AAAH...
GRIP
PAF
C'EST... TROP BON...
AAH...
JE...
FLAP
PAF
TIENS PLUS...
PAF
TREMBLE
...!
HA
TREMBLE

HAAA...
PLIC
HA HA... SEXY.
HAAA...
HAA...
HAA...
J'ADORE REGARDER TON VISAGE QUAND TU JOUIS.
ET TU TE CONTRACTES TELLEMENT...
.....
GRIP
SLURP
HH...
NHH...
SLURP
SLURP
ET TOI, T'AS L'AIR TOUJOURS CALME...
ÇA M'ÉNERVE.

BISOU
C'EST JUSTE UN AIR.
CRIII
EN MÊME TEMPS...
C'EST ICI QU'ON S'EST RENCONTRÉS POUR LA PREMIÈRE FOIS, JE VEUX EN GARDER DE BONS SOUVENIRS.
LE SALON, LA CUISINE, CET APPARTEMENT TOUT ENTIER...
JE VEUX QU'ON S'EN RAPPELLE.
MAIS DÉJÀ QU'ON FAIT L'AMOUR SUR TOUTES LES SURFACES DE L'APPARTEMENT...
SI JE NE ME RETIENS PAS, CE SERA COMPLIQUÉ.
BISOU
NH...
BISOU
BISOU
IL DIT ÇA, MAIS IL ADORE QU'ON LE FASSE PARTOUT...
HAA
ET TU T'EN RAPPELLES PAR LE SEXE, TOI ?
HA HA !
JE TE DIS, ÇA FAIT PLEIN DE SOUVENIRS !
On l'a même fait sur le balcon...

OÙ EST-CE QU'ON L'A FAIT, DANS QUELLE POSITION...
JE VOIS...
DANS CE CAS, JE VAIS T'AIDER.
NHH...
CRIIIC
CRIIIC
AH ! BOUGE PAS SI SOUDAINE-MENT...
BOBOM
AH...
SLURP
EN TOUT CAS, MASATO, T'AS L'AIR PLUS EXCITÉ ICI QUE PARTOUT AILLEURS OÙ ON L'A FAIT...
NON ?
GNAP
AH...
NH...
FRISSON
FRISSON
BEN...
IL Y A UN SENTIMENT D'INTERDIT, NON ?
FLOUUUP...
C'EST LA PREMIÈRE FOIS QU'ON LE FAIT DANS LA CHAMBRE DE NARU.
C'EST VRAI QU'IL N'Y EST PAS SOUVENT...
FLAP
NH...
NH...
MAIS SI JAMAIS IL LE DÉCOUVRE, IL SE MOQUERA DE NOUS JUSQU'À LA FIN DE NOTRE VIE.
NH...
FLAP
HA HA...
FLAP

MERCI DE ME DONNER DE QUOI ME MOQUER DE VOUS JUSQU'À LA FIN DE VOTRE VIE.
BOBOM !!
ARGH !
NARU !!
JE VOULAIS BOIRE UN VERRE AVEC VOUS AVANT QUE VOUS NE QUITTIEZ L'APPARTEMENT POUR DE BON…
QUEL SUPER TIMING !
NYARK !
EUH… JE…
GRIP
Mince !
NGH !
ÇA VOUS DÉRANGE SI JE ME JOINS À VOUS ?

QUOI ?
BIEN SÛR QUE OUI, ÇA NOUS DÉRANGE.
DÉGAGE, NARU.
C'EST PAS SYMPA... VOUS ÊTES DANS MA CHAMBRE, QUAND MÊME.
NHH...
NH HH...
DÉSOLÉ... MAIS SORS D'ICI TOUT DE SUITE, NARU.
C'est trop glauque.
S... S'IL TE PLAÎT...
PFF... C'EST PAS DRÔLE... SI VOUS VOULIEZ LE FAIRE ICI,
FUAH...
C'ÉTAIT BIEN POUR PRENDRE LE RISQUE QUE JE VOUS VOIE, NON ?
DÉSOLÉ, NARU...
COMME ON QUITTE CET APPART DEMAIN... ON AVAIT ENVIE DE LUI DIRE ADIEU...
HM...?
T'ES VRAIMENT SEXY COMME ÇA, MASATO.
ALORS C'EST À ÇA QUE TU RESSEMBLES QUAND TU FAIS L'AMOUR AVEC ASAHI ?
TOURNE
HÉ HO, NARU...

TU ES À CROQUER.
NARU, PUTAIN !!
!!?
SERRE...
GH...
SLURP
NNH...
TIRE
....!!
HI HI
TU AS TRÈS BON GOÛT.

Bon,
JE RENTRE CHEZ MOI, DU COUP.
On boira le vin plus tard.
ET LA PROCHAINE FOIS QUE TU ENVAHIRAS MON ESPACE PERSONNEL, ÇA SE FINIRA PAR UN PLAN À TROIS.
Y'AURA PAS DE PROCHAINE FOIS !
CLAC
MERDE !
AH... ASAHI...
JE SUIS DÉSOLÉ...
AH !
POUSSE
SURSAUTE
AH...!
FLOUP
NNNH...!

HAA...
PAF
T'AS PERDU TON CALME, LÀ...
PAF
AH...
GNAP
ÇA T'APPRENDRA À APPRÉCIER LES BAISERS DE NARU.
PAF
NON...
C'EST PAS VRAI...
AH ...!
AHH ...!
PAF
PAF
PAF
AAH...
T'ES SÛR ?
GRIP
DANS CE CAS, ON VA DEMANDER À TON CORPS.
PAF
AAH...!
PAF
AH !
PAF
JE PRÉFÈRE TES BAISERS...
PAF
À TOI...
ASAHI...
PAF
Ouah...
C'est différent de d'habitude...
C'EST TROP BON, QUAND IL EST EN COLÈRE...
GLING

HAA...
EN-CORE...
HAA...
CONTINUE ENCORE...
GLISSE...
SERRE
EXCITÉ
PRÉPARE-TOI, ALORS.
HAA AAA ...
ASAHI...
T'ÉTAIS PASSIONNÉ, HIER SOIR...
Ça va faire un super souvenir, ça !!
VIDÉ...
J'AI PLUS UNE GOUTTE À L'INTÉRIEUR DE MOI...
FIN

Lovenest 2

Hana COLLECTION

www.boys-loves.tr

Responsable Editorial & Production : Tony
Traduit du japonais par Laurie Asin
Maquette : Justine Mouron
Relecture : Aurélie Valognes

Dépot légal : Mars 2021

ISBN 978-2-36877-764-0

Imprimé par GZ Digital Media as